W I N G S ・ N O V E L

続・金星特急
竜血の娘④

嬉野 君
Kimi URESHINO

JN035552

新書館ウィングス文庫

S H I N S H O K A N

続・金星特急　竜血の娘④

目次

「竜血の娘」STORY

錆丸と女神・金星の娘である桜は、いずれ生まれてくる人類の敵――蒼眼に対抗する力をつけるため、犬蛇の島に送られ七百年かけて育てられた。百年に1歳ずつ年を取り15歳になったある日、砂鉄と三月が迎えにやってくる。彼らと共に島を出た桜は、蜜蜂を通訳に雇い、金星に力を貸すため眠っている砂鉄の恋人のユースタス、三月の相棒の夏草、桜の父親の錆丸を探す旅に出る。目覚めたユースタスは砂鉄の記憶を失っていたが、夏草とは無事再会。世界を旅する中で、桜は人類を守るには文明の衰退を止めることが重要だと学ぶ。一行は三月が夏草のために集めた蔵書のあるサンクト・ペテルブルクに辿り着くが、蒼眼の葬送隊に遭遇し、その隙に桜が攫われてしまう。実は蒼眼の一族で桜捕獲の密命を受けながら行動を起こさない蜜蜂に業を煮やしたイリヤの仕業だった。

CHARACTERS

桜〈さくら〉

金星と錆丸の娘。15歳。

絶海の孤島で育ち、やや世間知らず。8歳以前の記憶がない。蒼眼を無効化する力を持つ。

〈さんがつ〉三月

錆丸の義兄弟で桜の守護者。桜を溺愛している。優男風の外見ながら切れると危険。刺されても死なない体を持つ。

砂鉄〈さてつ〉

錆丸のかつての旅の仲間で桜の守護者。三月同様、刺されても死なない体の持ち主。隻眼。口が悪くて腕が立つ。

ユースタス

砂鉄の恋人で桜の守護者だが、砂鉄のことだけ忘れている。元騎士。大喰らいで天然。金星から与えられた“銀魚”の力で人を惑わすことができる。

夏草〈なつくさ〉

三月の相棒で桜の守護者。やや人見知りだが温和な性格。本が好きで料理が得意。

〈みつばち〉蜜蜂

一行の通訳兼会計係。実は蒼眼でも人間でもない半眼。愛する少女を手に入れるため、邪眼殺しの娘·桜を狙っていた。

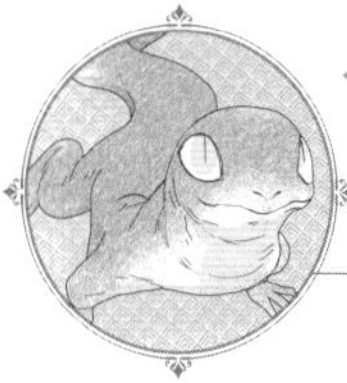

アルちゃん

桜のペットの蜥蜴。金星特急の旅で命を落とした言語学者·アルベルト王子の魂が憑依している。饒舌で博識。

イリヤ

蜜蜂と同じ半眼で、彼の元家庭教師。能力で三月の図書館の隣の美術館の館長になりすましていた。

書物魚〈しょもつぎょ〉 三月が作った図書館の雇われ館長。
サボルチ伯爵夫人 活版印刷の復活を目論み、桜たちに協力。
ヤレド 元は女子修道院狙いの露出狂だったが、現在は夫人の使者。
錆丸〈さびまる〉 桜の父親。金星特急の旅の末に金星と結ばれる。
金星〈きんせい〉 桜の母親。絶世の美女にして万能で無慈悲な女神。
伊織〈いおり〉 桜の伯父で守護者。二百年前から音信不通。

KEYWORD

【金星特急】金星の花婿候補を運ぶ特別列車。終点で待つ金星の元にたどり着き、花婿に選ばれればこの世の栄華は思いのままと言われていた。

【月氏(げっし)】砂鉄、三月、夏草が属していた傭兵集団。

【蒼眼(そうがん)】人の心を操る能力を持つ一族。特徴は真っ青な眼球。短命だが容姿·頭脳·身体能力に優れ選民意識が強い。

【獣の御前(けもののごぜん)】獣のかぶり物をした小さい人々。民衆の信仰の対象となっている。

イラストレーション◆高山しのぶ

第七話

時計塔と物言わぬ蜥蜴《とかげ》

燃え上がる三月《さんがつ》の腕を夏草《なつくさ》は強く引いた。

水。

確か二階の廊下に共同炊事場があったはず。水瓶《みずがめ》に突っ込めばまだ、三月の体なら蘇生《そせい》できるかもしれない。

大きな松明《たいまつ》のように燃え上がる彼はもう、自力で歩けていない。足が崩れかけ、防炎だというマントもくすぶり始めている。

階下に素早く目をやった。

砂鉄《さてつ》はユースタスを守りながら撤退《てったい》しつつあった。彼女が銀魚《ぎんぎょ》の力で蒼眼《そうがん》に操られた人々を無効化できると、蒼眼の葬送隊《そうそうたい》にばれてしまった。六人もの蒼眼相手では、たとえ砂鉄でも無事に撤退できる可能性は限りなく低い。そもそも、派手に火の回ったこのエルミタージュから脱出できるかどうか。

そして。

（桜《さくら》）

さっきまで二階の回廊から矢を放っていた桜の姿が見当たらない。

煙に巻かれて倒れたのか。それとも無事に逃げたのか。

燃える三月の腕を引く夏草の左手も、火傷《やけど》でただれ始めた。もう感覚がほとんどない。

一瞬、強く瞼《まぶた》を閉じた。

戦場で何度も何度もしてきた判断。

今の自分の使命は桜を守ること。護衛である三月は見捨て、桜の確保に走らなければならない。それが鉄則だ。

だが、七百年も自分を捜し続けてくれた三月をここで見捨てられるだろうか。

こんなとこで樹になってたんじゃ分からないと、子どもみたいに泣いた彼を放置し、焼死させるなど。

これ以上判断を遅らせれば三月も桜も死なせる。

——選ばなければ。二人のうちのどちらかを。

夏草の左手と三月の燃える腕が癒着《ゆちゃく》し始めている。武器を持つ大事な手をこれ以上損傷《そんしょう》するわけにはいかない。

この手を離さなければ。

離さなければいけないのに。

ふいに、背後からグイッと肩を引かれた。

「夏草さん!」

書物魚《しょもつぎょ》だった。

ティーポットの冷め切った紅茶が夏草の腕にぶっかけられ、三月の燃える体から引き剝《は》がされる。

「三月さんをこっちへ！」

さっきまで図書館の閉架《へいか》保管庫に本を運び込んでいた彼が、煙で咳《せ》き込みながらも燃え上がる三月の腕を引く。

一瞬、この貧弱な男に三月を任せていいか迷った。

だが書物魚が三月を閉架保管庫へと引きずっていくのを見て、彼が何をしようとしているのか悟《さと》る。

「頼んだ！」

夏草は三月を書物魚に預け、身を翻《ひるがえ》した。

――桜。

桜はどこだ。


本棚の書物を必死に閉架保管庫へと運んでいた蜜蜂《みつばち》は、書物魚が引きずってきた燃える「何か」を見て硬直した。

あれは、人か？

大きなかがり火のように燃えさかる人体が、書物魚に腕を引かれてふらふらと歩いている。あれほど火が回っていては、どう見ても助からない。

書物魚が叫んだ。

「蜜蜂くん、もう本は諦めよう！　僕と彼が閉架保管庫に入ったら、三十数えてからドアを開けて！」

「え⁉」

「いいね、きっちり三十だよ！」

書物魚は燃えさかる誰かを閉架保管庫に引きずり込んだ。

「――あ」

あんなに燃える人間を狭い保管庫に入れては、せっかく救出した本に燃え移ってしまう。つい手を伸ばしたが、閉架保管庫の扉は乱暴に閉められた。

（さ、三十だって？）

わけが分からなかったが、書物魚の決死の表情に気圧《けお》され、素直に三十を数え始めた。

「一」

燃えているのが誰なのか、六人もいる蒼眼相手に砂鉄たちは無事なのか、ひどく気になる。

だが、最たる懸念《けねん》はあの男のことだ。

イリヤ。

どこに消えた。

伯爵夫人の使いが「蒼眼の葬送隊きたる」の報を持って飛び込んできた時は、確かにここにいた。だが戦いが勃発《ぼっぱつ》してからは姿を見ていない。

「五」

桜はどこだろう。

さっきまで果敢に蒼眼を射ようとしていたが、全く矢は届いていなかった。

もしや、イリヤが桜に何か――。

「十二」

いや、そもそも自分は「邪眼《じゃがん》殺しの娘」が目的でこの一行に加わった。

蒼眼の天敵である彼女を捕らえて父王に差し出せば、跡継ぎの座が回ってくるだろうとイリヤにそそのかされた。そうすれば、今は皇太子の婚約者となった愛するリルリルが振り向いてくれるかもしれないと。

「二十一」

イリヤは蜜蜂を皇太子に出来たら、陰から自分が操るつもりだろう。何を考えているのかさっぱり分からない男だが、今のところ思いつくのは蜜蜂を傀儡《かいらい》に権力を振るうことぐらいだ。

ならば、その重要な鍵となる桜に乱暴なことはしないはず。

無意識に爪を噛んだ。

大丈夫。

大丈夫なはずだ、桜を酷《ひど》い目になんて遭《あ》わせていないはずだ。三十を数え終わったらすぐ、彼女を捜しにいこう。自分には何の力も無いが、桜を連れて逃げることぐらいは。

逃げる？

桜を連れて？　彼女は皇太子の座を得るための、ただの道具なのに？　自分は今、何を考えた？　リルリルはどうする？

大きく首を振った。――迷うな。

「三十！」

閉架保管庫のドアを勢いよく開けた。

とたんに頭がくらりとし、蜜蜂は激しく咳き込んだ。

何だこれは。保管庫の中の空気が異様に薄い。いや薄いのでは無く、妙な気体が。

袖口《そでぐち》で口を覆《おお》いながら保管庫に足を踏み入れた蜜蜂は、床に倒れ伏している人物二人を見て驚愕した。

一人は書物魚。

目を固く閉じ、喉元を両手で押さえている。

そしてもう一人は三月だった。

「三月の兄貴！」

慌てて彼の横にひざまずいた。

やはり目を閉じているが、口元には半円形の透明な器のようなものが当てられ、それが管《くだ》で何らかの容器につながれている。

おそるおそる三月の首筋に手をやったが、かすかながら脈はあった。思わずホッとする。

しかし、さっきまで燃え上がっていたのは三月だったのか？　なぜ二人が昏倒《こんとう》しているのか分からないが、三月には火傷の跡さえ見られない。髪も眉もそのまま残っている。

疑問がぐるぐると脳裏《のうり》に渦巻《うずま》いたが、ハッと我に返り、書物魚の首筋に手をやった。——動いていない。

これは、もう駄目か。

彼の瞼をこじ開けた。瞳孔《どうこう》は開いている。口元の匂いを嗅《か》いだが、毒物にやられたのではないようだ。

一瞬迷ったが、蜜蜂は書物魚の唇を開き、息を吹き込んだ。間に合わないかもしれないが、蘇生できるかもしれない。

出会ったばかりでろくに言葉も交わしていないこの男を、なぜ自分が助けたいと思うのか不思議だった。

さっき一緒に本を守ろうとしたからだろうか。煙に巻かれて死ぬかもしれないのに、必死で本を保管庫に移していた彼に、自分も感化されてしまったのだろうか。

少し前まで、書物にそこまでの思い入れはなかった。知識を与えてくれる高価なものではあったが、命を賭《と》してまで守るべき存在ではなかった。

活版印刷に関わったからだろうか。

桜が目的でこの一行に近づき、成り行きで手伝うはめになった「書物の復活」。リルリルには何の関係も無いことなのに、自分はいつの間に必死で本を救おうとし、本を愛するこの書物魚も救おうとしているのか。

書物魚の体は何の反応も返さなかったが、蜜蜂は息を吹き込み続け、その合間に彼の心臓を押した。

(そう言えば、この蘇生方法を教えてくれたのもアイツだったな)

イリヤは何でも知っていた。星の動き、大地の成り立ち、古代の英雄譚《えいゆうたん》、血の色で病を見分ける方法。いつか役に立つかもしれないと、溺《おぼ》れた人間の息を吹き返すやり方も教わったのだ。

実際に試すのは初めてだが。

ふいに、書物魚の体が小さく痙攣《けいれん》した。

激しく咳き込み、うっすらと目を覚ます。

蜜蜂は大きく息をつき、彼の頬を軽く叩いた。

「生き返ったな、兄さん」

「……蜜蜂くん……」

書物魚はぼんやりと蜜蜂を見上げていたが、ふいに目を見開き、上体を起こした。

「三月さんは！」

彼は隣に横たわる三月を見て、大きく目を見張った。

おそるおそる手を伸ばし、彼の頬に触れている。

「……彼、生きて、る？」

「生きてる。あれだけ燃えといて火傷の一つもしてねえのは不思議だけど」

「本当だ……僕だってちょっと髪が焦《こ》げちゃったのに、三月さん、全然綺麗なままだ……どうして」

「さあ。色男だから火傷させたらもったいねーって、神様が保護してくれたのかもな」

そう軽口を叩いたが、蜜蜂も不思議で仕方が無かった。三月は水の精霊《ジン》から守られてでもいるのか？

「ていうか、三十数えろって何。何で二人とも倒れてたの」

「ああ、緊急消火装置のせいだよ」

書物魚は書架の間にある赤いボタンを指さした。透明なガラスで覆われていたものが割られている。

「あれを押すと二酸化炭素が一瞬で回って消火するの。火事が発生しても水かけたら書物は傷《いた》んじゃうでしょ、だからガスで」

「にさんかたんそ？　――あ、『醸造家《じょうぞうか》殺しの息』か！」

これもイリヤから教わったことだ。

ワインやビールの醸造所で、うっかり発酵中の窯《かま》に落ちた人間は窒息《ちっそく》して死んでしまうのだそうだ。コポコポと生じる泡に含まれる気体が窯の中に沈殿《ちんでん》し、非常に危険な状態となっているらしい。

「一瞬で二酸化炭素が回るこの仕組み、はるか古代の装置なんだけど、三月さんが必ず毎年点検しろって言って、遠くから技術者をよこしてくれてたんだよね」

書物魚は大きく息をつくと、三月の顔につけられた透明な器をそっと触った。

「良かった、酸素マスクも無事に働いてくれたみたい。一つしかなかったから三月さんに押し当てたんだけど」

「さんそますく……」

さっきから聞いたことも無い単語がどんどん飛び出してくる。イリヤでさえ教えてくれなかったことだ。これも書物で得た知識なのだろうか。

階下から市民たちの悲鳴が聞こえてくる。閉じた扉の隙間から煙が忍び込む。

このまま頑丈《がんじょう》な扉を閉ざしていれば、蒼眼の侵入は防げるだろう。だがいずれ火に巻かれて蒸し焼きになる。

（畜生、どうしたら）

その時、三月が小さく身じろぎをした。

うっすらと目が開き、二度、ゆっくり瞬《まばた》きをすると、おもむろに身を起こす。

「兄貴！　えと、平気か？」

顔をしかめていた三月は、ぼんやりと蜜蜂、書物魚に目をやり、髪をかき上げながら大きく息をついた。

「……あー、さすがに死ぬかと思った。蜜蜂、状況は」

「えと、俺はここでずっと本を運んでたからよく分かんねえ」

桜とはぐれてしまったことを責められるかと思い、つい声が小さくなった。

すると書物魚が代わりに説明する。

「夏草さんが三月さんを消火しようとしているのを見て、僕が預かりました。この消火装置を使えば何とかなるかと思って」

「夏草ちゃんが俺をお前に託《たく》した？　じゃあ消火装置に思い当たったんだろうな、昔はどの図書館や美術館にもあったから」

昔、という三月の言葉に蜜蜂は違和感を覚えた。

こんな高度な消火装置の存在など、自分は初めて知った。「どの」図書館や美術館、とも言っていたが、そんなにたくさん存在するだろうか。金持ちが館に図書室を備えていることはあるが、少なくとも蜜蜂が育った王宮に「醸造家殺しの息」を使った消火の仕組みなど無かった。

「僕は窒息で死にかけたみたいだけど、蜜蜂くんが助けてくれて」

「よくやった、蜜蜂。――俺は以前、この大事な図書館を任せる館長役、何人も面接したんだよね。その時した質問は一つだけ」

三月はうっすら微笑《ほほえ》んだ。

「あなたは本のために死ねるか、って」

「はい、死ねます」

書物魚は即答した。

実際、彼は火に巻かれながら本を運び続け、本を収集する三月も生かそうとした。自分は死ぬつもりだったのだ。

「ためらいもなくそう答えたの、書物魚だけだったんだよね。だから俺は選んだ」

三月は立ち上がり、ナイフを鞘《さや》から抜き差しした。手を握ったり開いたりし、動きを確かめているようだ。

「夏草ちゃんは桜を捜しに行ったはずだ。砂鉄とユースタスがやばいかな」

彼はほんのわずかな時間、逡巡《しゅんじゅん》した。すぐに目を上げ、蜜蜂と書物魚に指示する。

「俺は桜の無事を確認したらすぐ、砂鉄とユースタスの掩護《えんご》に回る。お前らを構ってる余裕は無いから、自分で何とか逃げなね」

「ど、どこに」

「速《すみ》やかに屋外に脱出、凍結《とうけつ》した雨樋《あまどい》に布を巻いて降りる。間違っても上に逃げないでね、煙で昏倒《こんとう》しちゃうから」

蜜蜂は書物魚と顔を見合わせた。自分は身が軽いから何とかなるだろうが、この貧弱な男にそんな真似が出来るだろうか。


砂鉄はユースタスを背にかばいながら、じりじりと階段を昇っていた。

向かってくる蒼眼は二人だけ。

残り四人は大階段前の広間で、一様にユースタスを見上げている。

砂鉄と剣を交える二人も、全く本気を出していない。いたぶるように軽い攻撃を繰り返し、余裕綽々《しゃくしゃく》で迫《せま》ってくるだけだ。

彼らは、ユースタスに再び銀魚の力を使わせようとしている。

さっき彼女は、蒼眼に操られた市民の目を覚ますため、銀魚を放った。

流れるように人々の間を泳いだ銀魚が蒼眼の魔力を相殺《そうさい》すると、市民たちは我に返って逃げ出し始めた。火に巻かれて右往左往しているのもいるが、大部分は脱出できただろう。

それもこれも、ユースタスがあえて派手に銀魚を使って蒼眼の目を引いたからだ。

恐ろしい敵が六人も来たというのに、彼女はまだ見知らぬ人々の命を守ろうとしていた。自分が蒼眼の餌《えさ》になることで、桜から目をそらさせ、市民も逃がしたのだ。

二階の回廊にも火が回り始めた。

三月はさっき燃えていた。夏草が救助に向かっていたが、助かったかどうかは不明だ。正直、あの二人がいない状況でユースタスを守り切るのは非常に難しい。

それどころか、砂鉄自身が燃えるのも時間の問題だ。

(くそっ、久々に絶体絶命って奴だな)

七百年も生きてきた理由は、金星《きんせい》の命《めい》により桜を守るため。

だが砂鉄にとってはようやく再会できたユースタスを守ることの方が重要だ。

他の仲間たちの状況も全く確認できない今、撤退一択なのだが、蒼眼六人相手ではそれも難しい。

唯一考えられる作戦は、煙に巻かれて脱出もままらない市民たちを銀魚の力で操り、蒼眼の邪魔をさせることだ。一瞬で殺されるだろうが、少なくとも砂鉄と彼女が逃げ出す隙は生じる。

だがユースタスは絶対にそんな作戦を選ばない。

高潔《こうけつ》な魂を持った彼女は他人を犠牲にするぐらいなら、最期《さいご》まで戦い抜いて死を選ぶだろう。

――そんなことは許さない。

砂鉄のことを忘れたまま、誰かのために死ぬなんて。

二階のペットショップから逃げ出したらしい猿や鳥が狂ったように暴れている。鮮《あざ》やかなオウムやインコが金切り声を発して非常に邪魔だ。

砂鉄は蒼眼の目を見て戦うことが出来ない。ほとんどを聴覚に頼って彼らの剣を何とか見切っているのに。

二階の回廊まで追い詰められた。二人の蒼眼はニヤニヤと笑っている。

「俺がここは食い止める、お前は先に逃げろ！」

背後のユースタスに叫んだ。もうすぐ自分は燃えてしまう。そうなっては彼女を守れない。

「否《いな》！　砂鉄、私が一瞬だけ隙を作るから一緒に逃げるのだ！」

「隙？　そんな余裕どこに――」

ユースタスの指先から銀魚が放たれた。

砂鉄を追い詰めた二人の蒼眼、階下から見守っていた四人の蒼眼が一斉に銀魚を見る。

銀魚は大きく宙を泳ぐと、オウムやインコの体を次々と貫《つらぬ》いた。

とたん、鳥たちは蒼眼の目を狙って襲い始めた。

さすがの彼らも一瞬、鳥へと意識が移る。

その瞬間を見逃さず、砂鉄はユースタスの腕を引いて回廊を駆け抜けた。

「動物まで操れんのか、お前は！」

「試しにやってみた！　鳥には申し訳ないが、少しでも蒼眼の気を引いてくれれば」

砂鉄の足に火がつき、燃え上がり始めた。

続いて左腕。みるみるうちに火が広がる。防炎のマントで覆ってなんとか炎上を防ごうとしたが焼け石に水だ。背後からは蒼眼の二人が恐ろしい速さで追ってくる。

砂鉄はユースタスに叫んだ。

「俺に命を預けるか！」

一瞬、彼女と目が合った。

真っ青な、鮮やかな空みたいな瞳。この七百年、切望し続けた砂鉄の光。

預ける。

彼女の唇の形がそう答えた。

砂鉄は崩れかけた回廊を走り抜け、突き当たりの窓へと走った。展示されていた甲冑《かっちゅう》から剣をもぎとる。

窓枠に足をかけ、ユースタスをマントで包みながら胸に抱え込む。

(行けるか)

外に向かって思いっきり跳躍《ちょうやく》した。

運河。

砕氷船《さいひょうせん》が氷を割り終えた辺りには届かない。分厚い氷の上に着地することになる。だが、自分と彼女の重量がこの勢いで落下すれば——。

みるみると氷が迫ってきた。

ユースタスを胸に抱いたまま、凍り付いた水面に全力で剣を突き立てる。

ビシッ、と四方八方にヒビが広がり、砂鉄とユースタスは冷たい水の中に落下した。

砂鉄の両脚は折れたようだが、腕は無事だ。彼女を右腕に抱き、左腕一本で何とか浮上する。

ユースタスは衝撃で気絶していた。浮上するのが精一杯で彼女が怪我しているかどうか確認できない。

何とか水上に顔を出した。

彼女を氷の上に押し上げようとしたが、ヒビが広がって再び落下させてしまう。この水温では、二人とももって数分だ。

突然、エルミタージュから飛び出して落下してきた二人に、砕氷船の乗組員たちは驚いたようだ。ロープを投げてくれようとするが距離が届かない。

その時、砂鉄の目の前に何かが投げられた。——投網《とあみ》だ。

「つかまって！」

誰が投げてくれたのかも分からなかった。ぐったりしたユースタスを抱きしめたまま、投網に腕を絡《から》ませる。

とたんにズルズルと氷上に引き揚げられた。荒い息をつきながらそちらを見ると、運河に面した道路から馬上の人物が叫んでいた。二頭の馬に投網を引かせている。

砂鉄は思わず目を見開いた。

「てめぇ、露出狂《ろしゅつきょう》じゃねぇか！」

サボルチ伯爵夫人の使者として「蒼眼の葬送隊きたる」の急報をもたらしたヤレドだった。まさか彼に助けられるとは。

「急いで！　蒼眼たちの馬には鎖《くさり》をかけてきたので、少しは時間が稼《かせ》げます！」

「よくやった」

エルミタージュ内の状況は気になる。三月と夏草、桜がどうなったかも分からない。だが今は一刻も早くユースタスを温めないと、凍死してしまう。彼女の体から水蒸気があがっているのは、体温と外気の温度差のせいだ。どんどん熱が奪われていく。

幸い、折れた両脚の骨はすでにつながり始めていた。彼女を抱いて片方の馬に飛び乗る。この気温で馬を走らせ続ければ砂鉄も凍って動けなくなるだろう。

とにかく、どこかで火を。

夏草がどれだけ捜し回っても、エルミタージュに桜の姿は無かった。

火事では下に逃げるのが鉄則と、彼女は知っているだろうか？　煙を吸う危険性は分かっているか？

この迷路のような宮殿を抜け、蒼眼の目の届かぬ階段から外に逃げ出せたのだろうか。

今はユースタスが銀魚を使って蒼眼たちの目を引きつけてくれているが、それもいつまで保《も》つかは分からない。

そして、三月は無事だろうか。とっさに書物魚に預けてきたが、おそらく数百年は昔のものであろう消火装置は上手く作動したのか。

三月と砂鉄の体は特殊だが不死身ではない。

大火傷はショック状態を引き起こし、心臓を止める。彼は本当に、あの状態から蘇生できたのか。

小さく首を振った。

不安は判断力を鈍《にぶ》らせる一番の材料だ。とにかく今は桜の無事を確かめることが先決だ。

ふいに、回廊を曲がって飛び出してきた人物とぶつかりそうになった。

「三月！」

「――夏草」

無事だった。

さすがに胸を撫で下ろす。見たところ火傷もなく、髪も肌も綺麗なものだ。

三月は勢い込んで言った。

「桜は？」

「見つからん。この棟《とう》から脱出したのならいいが」

彼の顔が歪《ゆが》められた。桜が心配で仕方が無いのだろう。

さらに彼は、無言で夏草の腕を取った。左手は赤く焼けただれて水ぶくれとなり、服も焦げている。

「……俺を助けようとしたんだね」

「消火装置が間に合ってよかった。書物魚は機転が利《き》く」

夏草は開かれた左手を閉じようとした。指は一応、動く。――が。

「痛みは」

「感じない」

神経をやられている証拠だ。これは回復できるかどうか。

三月の眉がますますひそめられた。懐《ふところ》から小箱を取り出すと、素早く夏草の火傷の手当てをする。七百年前の傭兵《ようへい》時代に使っていた応急キットと比べてずいぶんと質素だが、この時代でも手に入れられる薬や油などが小分けにされているようだ。

「どっかで清潔な布探そう」

彼がそう言った時、男たちの大声が聞こえてきた。

「こっちだ！　氷を投げろ！」

筋骨隆々《きんこつりゅうりゅう》の砕氷船の男たちが、火事になったエルミタージュ内に次々と氷を運び込んでいた。いったんは逃げ出した住民たちも、樽《たる》やバケツを持って消火活動にかかっている。

大階段の広間の方では盛大な悲鳴がいくつも響いていた。死体の山を見て驚いているらしい。

蒼眼はどこに行った。

砂鉄とユースタスは無事か。

迷ったのは一瞬だった。自分たちの使命は桜を守ること、そして錆丸《さびまる》と再会させること。「守護者」である砂鉄とユースタスより、桜が最優先だ。

「よし、手分けして——」

そう夏草が言いかけた時、男が一人、マントをはためかせ走り寄ってきた。

「ヤレド！」

「桜にチンコ見せた野郎！」

反射的にナイフを抜いた三月を見て、ヤレドは慌てて立ち止まった。両手を上げ、しどろもどろに言う。

「わ、私は伝言を——さて、砂鉄という隻眼《せきがん》の方から」

「砂鉄？」

ヤレドは砂鉄とユースタスが二階の窓から運河に飛び降りたこと、それを何とか引っ張り上げたことを説明した。

「砂鉄さんはユースタスさんを運んで宿に飛び込みました。私は使者としてお役に立てればと、皆さんの状況を確かめて回っています」

「桜は見たか」

勢い込んで尋ねた三月に、ヤレドは首を振ってみせた。

「私もエルミタージュに火が回った瞬間に窓から飛び降りたので、彼女は見ていません。だが、脱出している姿も見かけなかった。あの赤い着物は目立つはずなんですが」

「……蜜蜂と書物魚は」

「彼らはガーゴイルの雨樋を伝って脱出してましたよ。砂鉄さんの宿の場所は伝えておきました。書物魚さんはしきりと本とイリヤさんが無事かと気にしていました」

イリヤというと、図書館と部屋を二分している美術館の館長だ。まだ若い男だが書物魚とはずいぶん仲良しらしい。

あの男もまた、美術品を守ろうと必死に運び出したりしたのだろうか。美術品が焼けてしまったことをどこかで嘆《なげ》いているだろうか。

「で、俺たちにそれを伝えるために、危険なエルミタージュに戻ってきたって?」

うろんそうに三月が言う。確かに、真っ先に逃げ出したヤレドがまた戻ってくるのは不審《ふしん》だ。

するとヤレドは頬を染めながら言った。

「私は伯爵夫人の急使《きゅうし》としてサンクト・ペテルブルクに参りましたが、ここの図書館をよく見てくるように、との命も受けているのです。活版印刷の参考になる本があるなら借りてこいと」

活版印刷を復活させようとしている伯爵夫人とその父ジャンならば、確かにそんな命令をするだろう。だがなぜ、この男はいま顔を赤らめているのだ。

「そして、あなた方のお役に立てるよう粉骨砕身《ふんこつさいしん》働いてこいと申しつけられております。だからこうしてバラバラになった皆様に伝言を渡して回っているのです」

彼はマントを外し、上着のボタンを一つずつ外しながら続けた。

「私が皆様のお役に立てたなら、伯爵夫人が私を踏んで下さるそうなのです。裸の背中に、あの美しい踵《かかと》を食い込ませてくれるとおっしゃって」

無意識のように服を脱ぎ始めたヤレドは、三月の凍るような視線にハッと気づき、慌ててボタンを留めた。咳払《せきばら》いしてマントの留め金をいじり回す。

「……まあ、取りあえずアンタの言い分は分かった。蒼眼たちはどうした」

「それが不思議なことに、急にいなくなったのですよ」

「――いなくなった？」

夏草は三月と視線を見交わした。あれほど執拗《しつよう》にこちらに迫っていた彼らが？

「六人のうち二人は砂鉄さんとユースタスさんを追おうとしたのですが、なぜか他の四人に呼び返されてですね、そのまま立ち去りました」

三月が眉を大きくひそめた。チッ、と舌打ちしている。

彼が何を考えているか、夏草もすぐに悟った。

同じ蒼眼の仲間を殺した犯人を探して、彼らはサンクト・ペテルブルクまで来たはずだ。本来の目的は砂鉄の殺害だったはず。

それが急に砂鉄を追うのを止《や》め、立ち去った。

仲間殺しの捜索より重要な人物――邪眼殺しの娘がこちらにいると、彼らが気づいたとしたら。

砂鉄よりも、銀魚の力を使うユースタスよりも、桜が最重要人物だと知ってしまっていたら。

葬送隊と恐れられる彼らが突然身を翻す理由など、それしか考えられない。

「くそっ」

三月が拳《こぶし》で壁を叩いた。唇を強く嚙みしめている。

蒼眼が姿を消したのなら、桜はもうエルミタージュにいないのだ。

――一体どこに。

なぜ誰一人、桜の姿を見ていないのだ。

頼みの綱《つな》は、彼女の懐に入っているであろうアルちゃんだ。彼が、桜の居所を何とかして知らせてくれるなら。

ごうん、ごうん、と奇妙な音が響いてくる。

うっすら目を開けた桜の視界に、ロープが重なっているのが見えた。藁《わら》の敷き詰められた木箱には、ワインらしき瓶《びん》がぎっしり詰まっている。何かの倉庫のようだ。天井には煤《すす》けたランプがつり下がっている。

自分は気絶していたらしい。桜は息を潜《ひそ》めたまま、目だけをそっと動かした。

近くに誰かいるのだろうか。こちらが意識を取り戻したことに気づかれてはならない。

静かな呼吸を続けた。

眠っている時と起きている時では呼吸が違う。ばれないようにしなければ。
（イリヤ）
燃え上がるエルミタージュで、彼が桜の首筋に手を伸ばしてきたことは覚えている。とっさに振り払おうとしたが強い力で腕をつかまれた。

それからなぜか急速に意識が薄くなり、気がつくとこの倉庫のような場所に寝かされている。

イリヤは「半眼《はんがん》」なのだと桜に言った。

完全な蒼眼ではなく、出し入れ自由の瞳だと。普段は紫色の目だが、力を使う時だけ真っ青になるらしい。

（本物の蒼眼みたいに人を操る力はないが、催眠術をかけて騙《だま》すことぐらいなら出来る。そう言っていた）

だが蒼眼の力が効かない桜は、彼に騙されることはない。だからこそ騒ぎに乗《じょう》じて強引に連れ出したのだろう。

三月は無事だろうか。

夏草が自分も火傷をしながら助けようとしていたが、あの火を消せるだけの水はもうどこにも無かった。

砂鉄とユースタスは。銀魚の力を見た蒼眼たちは、一斉にユースタスを注視していた。彼女があのまま狙われたとしたら。

――そして、蜜蜂。

書物魚と一緒に本を守ろうとしていた。

いつもヘラヘラと軽い口調なのに、あんなに必死な顔で。

（みんな、無事でいて）

しばらく眠ったふりを続け、辺りに人の気配が無いのを確認してからそっと起き上がった。

無意識のように髪飾りに手をやり、ついで懐をさぐる。

――アルちゃんがいない。

「アルちゃん、どこ」

小さな声で呼んでみたが、返事はなかった。いつも桜の頭か肩の上に乗っているのに。羽織《はお》っていた蝶《ちょう》の着物を脱ぎ、隅から隅まで捜したのにどこにもいない。

必死にエルミタージュでの戦いを思い出そうとした。

アルちゃんと最後に話したのは、二階の回廊だ。「震えている時間は無い」と桜を鼓舞《こぶ》してくれた。その後、桜は彼を懐に入れたはずだ。

自分がイリヤに捕まった時、アルちゃんはどこにいただろう。まさかあの騒ぎで落としてしまった？　煙に巻かれて動けなくなったり、逃げ惑う人々に踏まれたりした？

嫌な想像ばかりが頭を駆け巡る。何度も何度も着物をひっくり返し、木箱の中やロープの下をのぞく。

「アルちゃん……」

涙が浮かんできた。この旅が始まってから、ずっとずっと一緒だった蜥蜴《とかげ》。桜の大事な友達で、色んなことを教えてくれる先生でもある。

指で目尻を拭《ぬぐ》った。

彼が死んだと決めつけるのはまだ早い。エルミタージュではぐれたとしたら、仲間の誰かが拾ってくれているかもしれない。

――いや、そもそも仲間たちが全滅していたら。蒼眼は六人もいて、その一人一人が恐ろしく強い。火も回っていたし、誰もが無事でいて欲しいというのは甘い考えかもしれない。

嗚咽《おえつ》が漏れそうになり、桜は着物の袖をきつく噛みしめた。

泣いてわめいたところで事態が好転するわけではない。仲間から引き離され、誘拐されたというのなら、何とか逃げ出さなければ。

奇妙なことに、桜の手足は拘束《こうそく》されていなかった。それどころか、傍《かたわ》らには弓矢も落ちている。イリヤはなぜ桜から武器を取り上げなかったのだろう。

(ママの矢尻もある……この矢、きっと半眼にも効くよね)

迷ったあげく、普通の矢尻ではなくどんぐりみたいなママの矢尻を使うことにした。半眼といえど蒼眼の一種。力を失うのはきっと怖いはずだ。

矢筒《やづつ》を背負い、弓を片手にそっと立ち上がった。

この部屋に窓は無い。頑丈そうな金属製の扉が一つあるだけだ。

扉に耳をつけ、外の様子をうかがった。うなるような低音が響いているが、いったい何の音だろう。はるか昔、まだ幼い頃にどこかで聞いたような気がするのだが。猛獣のうなり声？

それにしては妙に定期的だ。

慎重に扉を押してみた。案の定、鍵がかかっている。ここから脱出できるはずもないと踏んで、イリヤは桜を拘束も武装解除もしなかったのかもしれない。

ぐらり。

突然、足下が大きく揺れた。

驚いてその場にへたり込む。慌てて着物をめくり、足を触ってみた。違う、自分がよろけたんじゃない。確かに地面全体が揺れた。

これは、もしかして地震というやつだろうか。犬蛇《けんじゃ》の島は七百年の間一度も地震など無かったが、桜が七歳まで生まれ育った日本という国は、しょっちゅう揺れていたらしい。日本人のユキたちが口を揃えて言っていた。

サンクト・ペテルブルクも地震が多いのだろうか。床が揺れるというのはかなりの恐怖を覚えるのだが。

ふいに、扉の向こうから女の悲鳴が聞こえてきた。

何事か叫んでいるようだ。

桜は慌てて扉から距離を取り、ママの矢を弓につがえた。弦《つる》を引き絞《しぼ》る。

(女の人の声。誰？　私みたいにイリヤにイリヤから誘拐された人？)

ならば、イリヤにこの矢を当ててみせる。半眼の力を奪えば、あとは普通の矢尻で彼を狙えるはずだ。

ふいに扉が開いた。

派手なドレスを着た若い女が、泣きながら部屋に入ってくる。

彼女を背後から片腕で拘束しているのはイリヤ。華奢《きゃしゃ》な短剣を女の首筋に押し当てている。

「何、何なの、どうして私にこんな」

女はパニック状態のようだった。叫びながら涙を流す、その瞳は真っ青。――蒼眼だ。

イリヤを狙う矢尻の切っ先がぶれた。

このままでは彼女に当たってしまう。どうしても、犬蛇の島に来ていた優しい蒼眼の女たちを思い出す。

唾《つば》を飲み込んだ。

臆《おく》するな。

この男が桜に弓矢を持たせたままなのには必ず意味がある。頼りになる守護者たち、砂鉄、三月、ユースタス、夏草、そして大事な友達アルちゃんと蜜蜂。彼らがいない今、自分で判断して戦え！

心の中で三つ数え、息を吸った。

構えた弓は微動だにさせないまま、平坦な声で尋ねる。

「その女の人は誰。蒼眼のようだけど」

彼女は大混乱に陥《おちい》りながらも、桜に対して必死に蒼眼の力を使おうとしていた。桜を操ってイリヤにぶつけ、自分を逃がそうとしているのだろう。

イリヤは出会った時と同じ「美術館長」の微笑みのまま、優しい声で言った。

「高慢ちきで果てしなく愚《おろ》かで色仕掛けに簡単に引っかかる、蒼眼の淑女《しゅくじょ》ですよ」

その言葉に、女の目からぶわっと涙が湧いた。ショックで立ってもいられないのか、イリヤに抵抗する気配さえ見せない。

（蒼眼って確か、身体能力も高いはず……女の人でも半眼のイリヤに対抗できないのかな？）

彼の意図が全く分からず、桜はただ、弦を引き続けた。いつでも発射できるが、彼は上手いこと拘束した女で自《みずか》らの急所を隠している。

「人間を見下げ果てているくせに、人間に見える私の誘惑にあっさり引っかかったレディです。高貴な女ほど下卑《げび》た男と交わりたがるようなものでしょうか」

イリヤだけでなく桜にも蒼眼の力が全く効かず、女は呆然としていた。おそらく今までの人生で「人間」を支配できなかったのは初めてなのだろう。

彼は女の拘束を解くと、優しく右手をとった。ダンスの前のお辞儀《じぎ》みたいに胸に手を当て、桜へと一歩、踏み出してくる。

じりっ、と一歩後ずさった。

何をするつもりだ、この男は。

「さて、邪眼殺しの娘さん。さっそくあなたの力を見せて下さい」

「――」

「クセールの執政官《しっせいかん》は、あなたに弓で射られたとたん人間になったと聞きました。シドンの司令官はあなたに刺されて力を失ったとも」

クセールは犬蛇の島を出て初めてたどり着いた「外」の街。シドン軍は船で地中海を渡っている時に追ってきた船。確かにどちらも、ママの矢尻で倒した敵だ。

「この女は人間の男を殺すのが趣味で、毎日毎日、虫の羽根をむしるように気軽に惨殺《ざんさつ》していました。退治するのに遠慮はいりません、さあどうぞ」

どん、と女が突き飛ばされた。

床に膝をついた彼女は恐怖で目を剝《む》き、硬直したまま桜を見上げている。

(イリヤの盾《たて》が外れた)

桜は女に構わず、引き絞った弓を彼の胸へと定めたが、当たる気がしなかった。

駄目だ、この距離でも避けられる。彼の戦闘力がどれほどかは計り知れないが、完全に見切られている。

弓を射る時は、獲物に気づかれなければ有利となる。だが、これほど接近してしまっては逆に使えない武器だ。

それに奇妙なのが、また倉庫全体がガタガタと揺れ始めたことだ。これでは矢の軌道《きどう》が定まらない。

さらには断続的な低い音。風の音と混じって腹の底を震わせる。いったい何だこれは。

「早くこの女をただの人間にしてみせて下さい。間近で見物できるのを楽しみにしてたんですから」

「……この人は私の敵じゃない」

「そうですか、それは残念。では、僕が単純にこの女を殺すことにしましょうかね」

それを聞いた女は呆然とした顔でイリヤを振り返った。彼の誘惑に引っかかった、ということは、少なくとも何らかの好意は持っていたのだろう。

イリヤは細い短剣を女の頸動脈《けいどうみゃく》に当てた。

美術館で見た、昔の貴族が持っていたという宝石付きのものだ。小さいが、女の首を掻《か》き切るのは十分。

桜がイリヤに矢を射かけるより、彼が女を殺す方が速い。まだ戦ってもいないのにそれが分かる。

見た目は綺麗な男なのに、その皮の下一枚は冷酷で計算高い獣だ。犬蛇の島でどうしても狩れなかった賢い鷲《わし》を連想させる。

女は両手で顔を覆い、首を振った。

「いや、いやよ、蒼眼の力を奪われるなんて嫌、下等な生き物になりたくない」

「あなたに選択肢はありませんよ。この少女に力を奪われるか、僕に殺されるかのどちらかです」

子どもをあやすように言われ、女は泣きじゃくりだした。

「人間にするぐらいなら殺して！　美しく気高《けだか》い蒼眼のままでいさせて……人間みたいに醜《みにく》く

老いるなんて絶対にいや、お願い……」

「今まで何百人と遊びで人間を殺しておきながら、自分は綺麗なまま死にたいのですね。ああ、ますます殺したくなくなった」

　イリヤの手の中でくるりと短剣が回された。桜に優しい微笑みが向けられる。

「こういう蒼眼の女をあと数人、用意してあります。お嬢さんがいま邪眼殺しの力を使わなければ、僕がそれらを殺すだけですよ。能力を見せてくれるまで続きます」

　桜は唇を噛んだ。

　これまで倒した蒼眼は二人とも、桜の敵だった。戦いの中、仲間たちと協力して矢を打ち込んだ。

　だがこの女は、イリヤに騙されて連れてこられただけだ。何人も人間を殺してきたというが、このまま彼の手にかけさせるのは――。

　一瞬、固く目を閉じた。

　迷うな。この場でできうる限りの最善の判断をしろ。ここには頼りになる仲間もアルちゃんもいない。

　自分で、決めるんだ。

　桜は矢をつがえた弓を下ろした。

　女の前に膝をつき、真顔で言う。

「今から、あなたの蒼眼を奪います」

「――」

彼女は尻餅《しりもち》をつき、桜から逃げようとした。だが腰が抜けているようで、絹の靴下を履《は》いた足はもがくばかりだ。ガタガタと歯が鳴っている。

矢筒に矢を戻し、桜は右手をそっと彼女に差し出した。

「今まで五人、蒼眼の女性を人間にしてきました。全て彼女たちの希望です」

「いや、来ないで、いや」

「彼女たちは自らの蒼眼を嫌い、『邪眼殺しの娘がいる』と聞いて私の暮らす島を訪れてきました。そして人間となり、他の女たちと同様に老いました」

蒼眼は生まれつきのもの。あの五人の女たちは好きで蒼眼になったわけではなかった。人間になることが、彼女たちの救いだった。

「この男にあなたを殺させたくありません。怖いでしょうが、今から人間になって下さい」

女に差し出した手は、パンとはねのけられた。激高《げっこう》した彼女が叫ぶ。

「私に触れるな、汚らわしい人間が！」

「――その人間に」

彼女の左胸に、桜はそっと手を置いた。猫みたいに速い鼓動。

「今からなるんですよ、あなたは」

みるみるうちに女の心臓の上から植物の蔓《つる》が生《は》えた。

彼女の細い胴を覆い、首に絡みつき、結い上げた髪の毛と同化していく。

真っ青な瞳が色を失っていった。

ごくありふれた薄茶色の瞳孔が出現すると同時に、植物の蔓が枯れていく。

女は腑《ふ》抜《ぬ》けのようになり、口を開いたままその場に座り込んでいた。何かブツブツと呟いている。

立ち上がった桜はイリヤを真《ま》っ直《す》ぐに見《み》据《す》えた。

「満足？」

「ええ、とても。どんなオペラよりバレエより最高の見世物でしたよ」

楽しそうに笑った彼は顎《あご》に軽く指を添え、少しだけ首をかしげた。桜を頭の天辺《てっぺん》から爪先《つまさき》まで眺め回す。

「それにしても恐るべき威力《いりょく》ですね、邪眼殺し。きっと僕の半眼の力も根こそぎ奪えるんでしょうね。あなたにうっかり触れないようにしないと」

「……」

桜は表情を変えないことに成功した。

やはりだ。

やはりイリヤは、桜が蒼眼を人間にする際、「ママの矢尻」が必要なことに気づいていない。

最初に女の前にひざまずいた桜は、つがえていた矢を矢筒に戻しながら素早くママの矢尻を抜いた。

そして手のひらに隠したまま、女の胸に手を当てたのだ。

発動した邪眼殺しの力を見たイリヤからは、「桜が触れるだけで蒼眼を人間にした」ように思えただろう。

これでイリヤはうかつに桜に近づかない。

そして残り少ないママの矢尻を奪われることもない。

彼はぐったりした女の腕をやんわりとつかみ、立ち上がらせた。倒れそうな彼女を支え、桜に微笑みかける。

「この様子では自ら命を絶ちかねませんね。軽蔑《けいべつ》しきっていた人間になってしまい、天まで届きそうだった彼女のプライドが崩壊しました」

イリヤから腕を揺すられた女は、生命の無い人形のように揺れた。天井を見上げた目は瞬きもしない。

「どうします、この女が自殺したら。さすがの邪眼殺しの娘も罪悪感を覚えますか」

桜は軽く目を閉じ、再び瞼を上げた。

挑発するイリヤの瞳を射るように見据える。

「それは彼女の選択。生きるか死ぬか選ぶのは自分でしかない」

――お前は、人を殺せるか。

夏草に出された宿題の答えはまだ出ない。

だが長い長い島の暮らしで一つだけ知っていることがある。

どんな過酷な環境でも、動物はただ生きようとする。

人間だって同じだ。死ぬという選択をした場合、それはそれまで生きたが上で、自分で選んだ道。死ぬことさえまた、生きることの一つ。

「僕としても、このレディに死んで欲しくはないのですよ。虫けらみたいに殺してきた人間と同じ階層まで落ちて、もがき苦しみながら醜く老いさらばえてくれれば、最高の終幕《しゅうまく》です」

イリヤの口調は相変わらずほがらかだが、さっきと違い、桜と距離を測《はか》っているのが分かった。

きっといま彼は、桜にうっかり触れられないよう警戒している。

「では後ほどまた来ます。あなた、長い間眠り込んでいましたからお腹も空《す》いていることでしょう。そんなに強い薬を使ったわけではないのですがね」

薬で眠らされていたのか、自分は。マリア婆ちゃんから安眠できる薬草を教わってはいたが、あんなに急激に効く薬があるとは知らなかった。

イリヤは放心した女を連れて倉庫を出て行く時、扉の鍵はしっかりかけた。

ほうっと息をつき、ずるずると床に座り込む。

仲間から引き離され、誘拐された。彼は邪眼殺しの力に用があるらしい。

（そう言えばあの人、エルミタージュで妙なこと言ってた。下僕《げぼく》がどうとか……）

彼は桜の力を欲していたようだ。なので下僕に捕獲を頼んだが、使えない奴なので自分で桜を捕らえたと。

――下僕？

これまでの旅で、誘拐されかかったことはない。桜を狙う人物がいたとしても、強力な護衛たちに囲まれて手が出せなかったのだろうか。

ふいに、脳裏をよぎるものがあった。


蜜蜂。


彼がエルミタージュの屋上で、イリヤと話していたように見えた。

蜜蜂は知らないと言っていたが、最初にイリヤを見た時に顔色を失ったのも桜は見た。

まさか。

いや、でも。

彼はクセールで商売をやっていただけの少年だ。砂鉄と三月が犬蛇の島への手配を頼んだのも、蜜蜂の評判を聞いてからのことだ。蜜蜂の方から彼らに近づいたわけではない。

それに彼は今まで何だかんだと桜を助けてくれた。鮫《さめ》の海に船を出してくれたし、海賊に襲われた時も文句を言いながら桜を守った。

エルミタージュでだって必死に本を守ろうとしていた。口ではあれこれうるさいが、物理的に桜に手を出したことは一度もない。

（いや、一度、耳を思いっきり引っ張られたか……）

桜が少年たちの誘いに乗って、夜、ノコノコ連れ出されようとした時は本気で説教された。あまりに真剣な顔なので、桜は身を縮《ちぢ》こまらせて謝ったのだ。

そんなはずはない。蜜蜂がイリヤの「下僕」かもしれないなんて、きっと勘違いだ。

――アルちゃん。

こんな時こそアルちゃんに相談したい。いったいどこに。

あれこれ考えているうちに桜は再び眠り込んでしまったらしい。気がつくと扉の前に水とパン、チーズが置いてあった。

目を擦《こす》りながら起き上がる。イリヤがこの部屋に入ってきたのにも気づかずぐっすり眠り続けるなど、普段の自分ならあり得ない。おそらくまだ、盛られた薬の影響がある。

水を舌先だけで舐《な》め、パンとチーズの匂いを嗅《か》いだ。これにも薬が入っていないか警戒したが、大丈夫のようだ。

気がつくともの凄《すご》く腹が減っていた。エルミタージュで最後に食事を取ってからいったいどれぐらい経《た》ったのだろう。窓のない部屋なので今が昼か夜かも分からない。

再び床がぐらりと揺れた。また地震か。

(変な揺れ方……でも船じゃないし……)

しばらく海賊船に乗っていたので、波に揺られると大なり小なり円を描く船の揺れ方なら分かるのだが、この倉庫はずっと床が奇妙に傾いたり震えたりしているのだ。響いている轟《とどろ》くような低い音も気になる。あれは、何だ?

もそもそとパンを囓《かじ》っていると、ふいにガチャリと音がした。きしむ音を立てて、ドアが少しだけ開く。

「え?」

思わず独り言が出た。イリヤの姿は無く、ただ外側から鍵を開けられただけのようだ。

そろそろと立ち上がり、弓に矢をつがえて扉に歩み寄った。

用心しながら爪先でそっと扉を押す。

とたんにまた床が揺れ、一気に扉が開いた。バン、と大きな音がする。

倉庫の中の木箱がガタガタと揺れ、ワインの瓶がぶつかり合う。

左右を警戒しながら扉を出た。

細長い通路は明るい。左右に窓があるが、外は真っ白で何も見えない。

霧か? それにしては異様に眩《まぶ》しい。サンクト・ペテルブルクのあの弱々しい冬の太陽とは少し違う。

弱いランプの灯《あか》りしか見ていなかった桜の目は、輝く白い光で少し痛んだ。ギュッと目を閉じ、何度も瞬《まばた》きをする。

人の気配は無かった。イリヤは桜を置いてどこかに行ったのか？

通路の先はまた扉があった。耳を当てて様子をうかがう。あの不気味な低音が聞こえるばかりで何も分からない。

意を決して扉を引いた。ほんのわずか開けてみる。

中はどこか奇妙な部屋だった。いくつもの座席が並んでおり、大きな窓が左右にある。居室《きょしつ》というより、劇場の一部を切り取ったかのような並びだ。

「おや」

部屋の奥にはイリヤがいた。湯気の立ち上るカップを手にしており、倉庫を抜け出してきた桜を見ても全く驚く様子は無い。

「いらっしゃい。あなたも格納庫にこもるのに飽きる頃だと思って、時間がくれば鍵が開くようにしていたのですよ。船を見て回りますか？」

そんな仕組みがあったのか。この男は桜を全く恐れていないから、自由にさせているのだ。

それにしても。

「……船？」

ここは船の中なのか？

いや、それにしてもおかしい。海上の揺れ方ではないし、潮の香りが全くしない。

息を軽く吸い込んだ桜は、一歩、部屋に足を踏み入れた。

イリヤはうかつに桜に近寄っては来ないはず。隙を見て矢を射かけたいが、この男が油断してくれるかどうか。

イリヤは壁の棚から新しいカップを出すと、桜にも紅茶を注《つ》ぎながら言った。

「もうすぐ雲を抜けますよ」

――雲。

雲って、抜けられるものなのか？

とたんに左右の窓の視界が開けた。

真っ白だったのがいきなり青くなり、太陽光が射し込んでくる。

桜はイリヤを警戒しながら窓に近寄った。透明な材質。エルミタージュで見た窓ガラスより遙かに澄んでいる。

外を見た桜は一瞬、わけが分からなかった。

地面がない。

周りがずっと青い。そして頭上には雲が迫っている。

「え？　え？」

混乱して呟いた。ここはサンクト・ペテルブルクの一角ではないのか？　自分はいったい、この謎の「船」でどこに連れてこられたのだ？

これと似た光景で桜が唯一思い出せるのは、クセールの街で登った高い塔だった。眼下に都市が広がっているが、あの時より遙かに高度がある。

「理解できますか？　あなたは今、飛行船に乗って飛んでいるのですよ」

「……飛ぶ？」

船が、空を飛ぶ？　そんな話を七百年ほど前に聞いたような、かすかな記憶が。マリア婆ちゃんのおとぎ話に出てくる竜みたいに、いま自分は高い空にいるのか？

見下ろす街は大きかった。中央に大きな河が見え、もの凄く大きな時計塔がある。

「相変わらずおぞましくも美しい塔ですね。それにこの季節にしては本当に珍しく晴れている。まるであなたを歓迎しているかのようです」

「……ここは……一体……」

イリヤは紅茶のカップを軽く持ち上げ、にこりと微笑んだ。

「ようこそロンドンへ」

雪の舞い散る空を見上げる。

水のかたまりが降ってくる雨でさえ、砂の国では貴重なものだったのに、北国では凍った何かが落ちてくる。頬に唇にあたり、皮膚の温度で溶けていく。

だが、こんなものを味わっている場合では無い。——桜《さくら》。

桜はどこに連れ去られたのか。

蜜蜂《みつばち》は半焼《はんしょう》したエルミタージュ宮殿を見返した。

蒼眼《そうがん》の葬送隊《そうそうたい》により放たれた火はすでに、住民たちの努力により消し止められていた。運河の氷が割られては投げ込まれ、延焼《えんしょう》を防いだのだ。まだくすぶっている壁や柱には、たくましいおばさんたちがバケツで雪をかけている。

「蜜蜂、ぼけっとするな」

頭頂部にガシッと手を置かれた。三月《さんがつ》が真剣な目で言う。

「俺とお前しか、この辺の『庶民舌《しょみんじた》』分かんないんだから」

サンクト・ペテルブルクの一般市民は世界語《シージエユー》をあまり解《かい》さない。ほとんどは七百年前辺りから復活したという現地語を話しており、文字も文法も根本から異なっている。

燃えさかるエルミタージュから忽然《こつぜん》と消えた桜を捜すため、蜜蜂は三月と夏草《なつくさ》と共に市街に出ていたが、桜の目撃情報は皆無だった。市民は街の象徴とも言える宮殿の消火に大わらわで、逃げ惑う人々にまで気を止めていなかったらしい。派手な赤い着物を羽織《はお》った少女なので、かなり目立つはずなのだが。

運河に飛び込んで難《なん》を逃れた砂鉄《さてつ》とユースタスはエルミタージュに戻り、焦《こ》げ臭い屋内で桜を捜している。――口には出さなかったが、山と積み上げられた死体の中に彼女がいないかを確認しているのだ。

そう言えば、砂鉄とユースタスを運河から助けたというヤレドはどこに行ったのだろう。全く姿を見せないが、異変を知らせに伯爵夫人のもとへ戻ったのだろうか。

ふいに、夏草が言った。

「三月」

彼は軽く三月の頰をはたいた。肩をつかんで軽く揺する。

「唇。落ち着け」

その言葉で蜜蜂が三月の顔を見上げると、彼の唇は切れるほど嚙みしめられていた。血が滲《にじ》んでいる。

（あれ……兄貴の血が、砂……？　粉みたいになってる？）

奇妙なことに、三月の血は液体に見えなかった。さらさらとした赤い塵《ちり》が寒風《かんぷう》に流されている。

三月は袖口《そでぐち》でぐいっと口元を拭《ぬぐ》った。

眉間に深い皺《しわ》を寄せ、運河沿いの広い道を見回す。めぼしい店などにはすでに話を聞いたが、

他にも目撃者がいないか通行人にあたるべきか。

「俺、あっちの遊んでるガキたちに聞いてくるね」

ソリではしゃいでいる少年たちを指さし、蜜蜂は三月と夏草を振り返った。

切れていた三月の唇はすでに治っており、傷口など見当たらない。

何かが変だ。全身があれほど燃え上がっていたというのに火傷《やけど》一つなく回復しているし、ついさっき見た唇の傷はあっという間に完治した。——彼は普通の人間では、ない。

だが、今はそれを探るべき時間は無い。

桜が消えたのなら、彼——イリヤが連れ去ったとしか考えられない。

「頼む」

三月は唇を噛むのは止《や》めたが、自分の前髪をぐしゃりと掴み、固く目を閉じた。焦燥《しょうそう》と不安が、横顔に色濃く浮かんでいる。

夏草が彼の背を軽く叩きながら蜜蜂に言った。

「俺たちも連絡船の発着所に行ってみる。桜がどこに連れ去られたにせよ、この雪では移動手段も限られる。目撃者は必ずいるはずだ」

「分かった、ぜってー桜の情報見つけてくるからね、三月の兄貴」

蜜蜂もつい、三月の腕に手を伸ばした。傷ついた動物に対するように、手袋でそっと撫でる。

「あいつ身軽だし、火事から逃げてどっか潜《ひそ》んでるのかもしんねえよ」

「頼む、蜜蜂」

そう呟いた三月の目はすがるようだった。

任せて、とうなずいて身を翻《ひるがえ》した蜜蜂だったが、欺瞞《ぎまん》だな、と自嘲する。

そもそも自分は、「邪眼《じゃがん》殺しの娘」を確保しようとこの一味に近づいた。

だが、なかなか桜を籠絡《ろうらく》できない蜜蜂にじれたのか、おそらくはイリヤが直々《じきじき》に桜をさらった。彼女を餌《えさ》にして蜜蜂を皇太子の座に押し上げたいなら、いずれ彼から接触があるはずだ。

リルリルと結婚するため。

そのために、桜を餌にしようとした。

なのに今自分は、桜の身を案じるあまり気が狂いそうな三月を、放っておけない気分になっている。

(どうしたい。俺はどうしたいんだ)

牛乳缶をソリで運ぶ少年に声をかけ、赤い着物の少女を見なかったか、と尋ねた。いかにも異国人な容貌《ようぼう》の蜜蜂は最初は少々警戒されるものの、すぐに笑顔を引き出せる。

この半眼《はんがん》のおかげだ。

蒼眼ほどの強い力は無い。同じく半眼のイリヤみたいな催眠能力さえ無い。

だがほんの瞬《まばた》き一瞬で、見知らぬ他人に「わずかな好意を抱かせる」ことだけは出来る。というより、蜜蜂の半眼はそれしか出来ない。

誰からもうとまれて生きてきた。たった一人のよりどころであった母さえ、蜜蜂が完全な蒼眼では無いと知った瞬間から避けるようになった。

やがて成長し、自分の瞳に少しだけ魅了の力があることに気づいた時は安堵した。これでもう、意味も無く蔑《さげす》まれたり罵《ののし》られたりせずに済むと。他人に嫌われるのは単純に怖かった。

警戒心の強い砂鉄と三月が、蜜蜂が旅に同行するのを許したのもこの半眼のおかげだ。最初に彼らに会った時、瞬き一つの間だけ力を使った。おかげで気を許してもらえたし、彼らはそれを疑問に思っていない。

だが桜とユースタスにはこの力は効かないし、やたら目端《めはし》の利くアルちゃんは砂鉄と三月が蜜蜂をあっさり受け入れたことに疑問を抱いている様子だ。

（アルちゃん。蜥蜴《とかげ》だけど、あいつが桜と一緒なら何とかなる……いや、何を考えてるんだ俺は）

いま自分は、アルちゃんさえいれば桜もイリヤの元から逃げ出せるだろう、とチラリと思ってしまった。彼女を奪い去ろうとしていたくせに。

そもそも、自分が裏切り者だと彼らにバレたらどうなるのだろう。

砂鉄や三月は躊躇《ちゅうちょ》無く蜜蜂を殺すだろう。情報を引き出すだけ引き出した後でだ。

（殺されるなら、砂鉄の兄貴の方がマシかなあ……）

砂鉄は情報を吐き出し終えた蜜蜂を「用無し」と判断すれば、さっさと殺すだけだろう。

だが三月は、蜜蜂がきっかけで桜が誘拐されたことを知れば凄《すさ》まじい報復をするに違いない。自分が想像もつかないような酷《ひど》い拷問を受ける羽目になりそうだ。

それに、ユースタス。

蜜蜂の半眼が効かない彼女だが、ただ純粋な好意を向けてくれていた。桜の父である錆丸《さびまる》という人物を思い起こさせると、そう言ってくれた。

この瞳の力を使わないでも自分を好いていてくれる存在など、他にいないのに。

それなのに、自分は彼女を裏切っている。

ギリ、と歯を食いしばった。今は考えるな。とにかく桜の行方を突き止めるのだ。

牛乳売りの少年にコインを渡すと、凍りかけていた牛乳をお玉で叩きながらカップに移し、バターをひとかけ放り込み、炭火で温めてから渡してくれた。

「キモノ？　の女の子なんて見てないよ。可愛いの？」

「うん、まあ」

「可愛い子なら、ここらのミルク売りの間で話題にならないことはないよ。俺たちゃ恋文の付け届けもするから、街の可愛い女の子はみんな把握してる」

「……うーん、じゃあ、長い黒髪の男は見なかった？　紫色の目で、お上品そうな服の嫌みったらしい顔の」

「知らない。さっきの火事でそれどころじゃなかったし」

彼は火事の後始末に追われる人々に牛乳を売りたいと言うので、話を聞くのはそれまでにした。これでは、他の子どもたちからもろくな情報は得られなそうだ。

「蒼眼の葬送隊は見た？」

「見たよ、すげー怖かった。あいつらの馬で婆ちゃんが跳ね飛ばされたのに、全然止まろうとしないし」

忽然と姿を消した葬送隊の行方も聞いてみたが、大雑把《おおざっぱ》に「西へ向かった」ことしか分からなかった。

だが、少年はふと思い出したように言った。

「竜？」

「でも、竜が出たらしいよ。ミルク問屋のおじさんに聞いた」

「氷の下にね、気泡《きほう》が溜まるでしょ。それが層《そう》になって水底まで階段を作るでしょ」

「うん……？」

唐突に何を言い出すのかと蜜蜂が戸惑っていると、牛乳売りの少年は運河の薄氷《はくひょう》を指さした。

「ほら、ああいうの。運河に溜まった泥から、ガスが湧くでしょ。それがゆーっくり昇ってくるんだけど、水面は氷が張ってて破裂できないから、気泡がそのまま凍り付くの」

彼の示す先には確かに、丸いクッションのような氷が幾層《いくそう》にも連なっていた。何だろうとは思っていたが、この寒さではガスまで凍るのか。

「ああいう階段が出来ると、水底から竜が出てきて飛び立つよ。さっきも西に向かったんだって」

突拍子《とっぴょうし》も無い話だ。

西洋には竜という生き物が存在するとは聞いていたが、こんな街中の運河から出現するようなものなのか？　子どもの戯《ざ》れ言《ごと》か？

だが、何となく「竜は西に向かった」という言葉が気になった。さっき彼は、蒼眼の葬送隊も西へ行ったと証言していた。

「竜ってしょっちゅう出るのか？」

「ううん。爺《じい》ちゃんは、うちの婆《ばあ》ちゃんがパンの焼き加減を失敗するぐらい珍しいって言ってたよ」

婆ちゃんの失敗パンがどれぐらいの頻度《ひんど》なのか知らないが、要するに竜の出現はかなり珍しいことなのだろう。

街の中心となるエルミタージュで葬送隊による大殺戮《だいさつりく》、そして半焼。

そんな未曾有《みぞう》の出来事に、「たまたま」珍しい竜の出現が重なることなどあるだろうか。

それがなぜか引っかかり、蜜蜂は少年に頼んだ。

「そのドラゴンを見たっていうミルク問屋、教えてくれる？」

ロンドンという街は空中から見ても異様に大きかった。

中心部に広い河が流れ、いくつもの橋がかかっている。ひときわ目立つ時計塔は黒ずみ、冬の弱い光を受けて鈍《にぶ》く輝いていた。

「あの時計塔が黒いのは、タールと泥炭《でいたん》のせいなのですよ」

イリヤが言った。

飛行船、という乗り物から見下ろすロンドンは黒と灰色ばかりで、彩《いろど》りというものが無い。だが、どの道にも橋にも人が溢れている。街と同じく黒ずんだ人々が、蟻《あり》のようにせわしなく行き交っている。

「時計塔は何度も何度も壊れ、焼かれ、折られたのです。ですがそのたびに修復された。どれほど人々が飢《う》えようが、戦火《せんか》に逃げ惑おうが、なぜかあの時計塔のためなら金を出すという者がどの時代も必ず現れましてね」

桜はじっと時計塔を見下ろした。エルミタージュの「人力時計盤」とは違い、ちゃんと動いているようだ。

とたん、凄《すさ》まじい音が響いてきた。

飛行船の窓ガラスがビリビリと震え、思わず一歩後ずさる。

「か、鐘？」

両耳を手で押さえた。狂ったような金属音。旅の途中で聞いた教会の鐘とはまるで違う。荘《しょう》厳《ごん》さなどどこにもなく、大気を裂くかのような不協和音だ。

「あの時計塔も、美しい外観の時があったそうです。世界に名だたる名所だったそうですが、今は人々が誰かを呪うたびにタールや泥炭をなすりつけ、動物の頭蓋骨《ずがいこつ》を打ち付けていくので、巨大な呪具《じゅぐ》と成り果てていますがね」

イリヤは淡々とそう説明した。

桜を誘拐してきたくせに、まるで教師みたいな口調だ。「邪眼殺し」の桜を警戒して距離を保ちつつも、ロンドンという街を解説してくれる。

「あなた、旅の途中でローマは見ましたね？」

「……はい」

硬い声で答えた。

彼は、桜たちの道程を知っている。ずっと後をつけてきたのか。――それとも、誰かに聞いたのか。

「ローマは『死にゆく街』だったでしょう。海に沈みかけ、人々は絶望し、未来が無かった。だがロンドンは街の中心部にあんな呪いの塔がそびえ立っているのに、猥雑《わいざつ》な生命力に溢れた都市なのです。大金持ちも貧乏人も、他人を蹴落《けお》とし、裏切り、いがみ合い、それでも生きようとしている」

イリヤの表現は的確だった。

空から見下ろすだけでも、ロンドンという街が腐臭《ふしゅう》と活気に満ちているのが分かる。あれは、ただひたすら生きようとする動物の臭いだ。

「あなた、世界地図は頭に入っていますか。教養の範囲で構わないのですが」

「……大体は」

「でしたら、自分がどこに連れてこられたか把握していますね？」

「ブリテン島。サンクト・ペテルブルクよりかなり西。この空飛ぶ船の速度がどれほどか分からないけれど、疾走《しっそう》する馬よりも三倍は速く移動してるはず」

「素晴らしい、あなたのような少女を教育してみたかったですよ。私が家庭教師をしていたのは貴族のお坊ちゃまばかりでね、賢《かしこ》い子はほんの一握りでした」

イリヤは微笑《ほほえ》み、長い髪を耳にかけた。柔和な目で桜を見る。

「ではなぜ、あなたがこの街に連れてこられたか分かりますか」

じっと彼を見返した。

ここには頼りになる仲間は誰もいない。砂鉄も三月もユースタスも夏草も蜜蜂も——そして常に一緒だったアルちゃんさえ。

自分だけだ。

自分一人で何とかするのだ。まずは得体の知れないこの男から情報を引き出し、逃げ出し、サンクト・ペテルブルクに戻る。

やれるかどうか、ではない。やるしかない。

己の力でこの事態を切り裂け。七百年もの間、金星堂の娘たちが桜に様々なことを教えてくれた。旅が始まってからは、仲間たちから戦い方も習った。

私の背にはまだ弓矢がある。——一人でも戦える。

「邪眼殺しの私に用があるのなら、あなたは殺したい蒼眼がいるのかもしれない」

「ほう、それで?」

「さっき私に蒼眼の女の人を普通の人間にさせた時、あなたは『他に何人も蒼眼の女を捕らえてる』って言った。つまりあなたは、私の邪眼殺しの能力がどれほどのものか試したい」

イリヤの目がわずかに細められた。慎重に言葉を紡《つむ》ぐ桜を、どこか面白がっている様子で見ている。

「おそらく、あなたにとって私は武器。だから殺されたり傷つけられたりすることは、無い。今のところだけど」

「実に冷静だ。度胸も据《す》わってる。返す返すも、あなたのような生徒が欲しかった」

彼は軽く手を叩いた。

小馬鹿にした拍手かと思ったが、それを合図に前方の扉が開く。とたんにガタガタという音が大きくなり、大柄な金髪の男がヌッと顔を出した。

（右腕が無い）

桜はとっさに男の装備を確認した。

右腕は肩からすっぱり切り落とされており、右胸のホルダーに鉈《なた》を差している。腰にはおもりのついた鎖《くさり》。これも左腕だけで扱えるよう配置されているようだ。

隻腕《せきわん》の男は、無言で桜へと足を踏み出した。

とっさに弓を構えたが、彼は平然と近づいてくる。

「ああ、彼に矢を射かけても無駄ですよ。痛覚がありませんから」

イリヤが言った。軽く右手を開き、隻腕の男を紹介する。

「彼は『左半分』。右腕を失い、さらに右半身の痛覚が無いのでそう呼ばれています。僕があなたに触れるとうっかり『ただの人間』にされそうですのでね、これからは左半分があなたをお世話しますよ」

また一歩近づかれ、桜は後ずさりながら左半分へと矢を向けたが、彼は止まらない。半身の痛覚が無いというのは本当だろうか。そんな人間がいると、マリア婆ちゃんに聞いたことはあったが。

じりじりと壁際まで追い詰められながら、桜は彼の太ももを狙って矢を放ったが、あっさりと鉈で落とされる。すかさず放った二の矢は彼の肩に刺さったが、平然とした顔をしている。

どこにも逃げ場が無かった。

身を翻《ひるがえ》して駆け出そうとした瞬間、猫の子みたいに襟首《えりくび》をつかまれる。いきなり目の前が暗くなった。

（布、布をかぶせられた）

視界が奪われたのは恐怖だった。両手を背中に回され、拘束されている。ドッと汗が出て、呼吸が速くなった。

——怖い。

大柄な男に体をつかまれるのは、純粋に怖い。全く抵抗できない。

イリヤの声がした。

「このドラゴンの発着所は秘密の場所でしてね。あなたにもしばらく目隠しをさせてもらいますよ」

燃えさかるエルミタージュ宮殿から桜の姿が消え、丸一日経《た》った。

砂鉄はユースタスとともに、蒼眼の大殺戮により積み上げられた死体の山を全てチェックした。同じような背格好の少女などは念入りに確認したが、やはり桜はいない。

ユースタスが溜息をついた。

「桜、無事であってくれ」

「あいつは身軽だからな。二階や三階の窓からでも脱出できただろう」

「ならばいいのだが……」

ユースタスの銀魚《ぎんぎょ》の力をもってしても、桜の行方はようとして知れなかった。

この辺りの庶民語が話せる三月と蜜蜂も桜の目撃者を求めて街中を駆け回っているが、あれほど目立つ着物を着た少女なのに誰も見ていないらしい。

仲間殺しの砂鉄を追ってサンクト・ペテルブルクまでやってきた蒼眼の葬送隊は、急遽《きゅうきょ》、進路を西に変えたそうだ。

蒼眼を殺した砂鉄を追ってきた彼らが、突然にして目標を変えるとするならば、「邪眼殺しの娘」が桜だと気づいたのかもしれない。

だがあの大混乱の戦闘の最中、彼らはその情報をどこから得た？

それに、葬送隊が全力で追いかけるほどの速度で、桜がこの街から離れられるだろうか？

おかしなことばかりだ。つじつまが合わない。

七百年前であれば、取りあえず葬送隊の目指す先に桜がいると信じて動くユニットと、サンクト・ペテルブルクに残って桜の捜索を続けるユニットに分かれて動いただろう。

だが、この時代には電話も無線も無いから、一度すれ違ってしまうと二度と会えないのはざらだ。まずは、「桜がここらにはいない」ことだけでも確認しなければ次の行動に移せない。

ユースタスが顎《あご》に細い指を当てて考え込んだ。

「葬送隊が砂鉄や私をほっぽり出して桜を追っているのなら、どこかから『桜が西に向かった』という情報を得ているのだ。目撃者はいるはずなのに」

「目立つ着物は脱いで、男装してる可能性もある。あんな小さいガキ一人、どこにでも隠れられるだろ」

葬送隊は馬を飛ばす時、人を跳ね飛ばすことを何ら気にしない。すでに数人が蹄《ひづめ》にかけられて大怪我をしたり、命を落としたりしている。あれだけ派手に行動するなら、こちらが見失うこともないだろう。

砂鉄はユースタスと二人、まだ焦げ臭いエルミタージュ内を歩き回り、桜の逃走経路を確定しようとした。自分が最後に彼女を見たのは、大階段のある広間の回廊だ。必死になって蒼眼に矢を射かけていた。

図書館兼美術館の部屋に戻ってみた。

桜が窓から脱出したのなら、赤い着物の繊維《せんい》でも残っているかもしれないと考えたのだ。

図書館では書物魚《しょもつぎょ》が一人、焼け残った本の整理をしていた。

砂鉄とユースタスの顔を見ると一瞬、期待と不安の混じった表情になる。

「あ、あああの、イリヤ君は……」

「さあな。少なくとも俺たちが調べた中にそれらしい死体は無かった」

「蒼眼に操られた一般市民の中にも彼の姿はありませんでした。火事の気配を察していち早く脱出したのかもしれません」

二人は桜を捜すついでいいので、と死者の中に美術館長イリヤがいないか見てくれと書物魚から頼まれていたのだ。

書物魚はまさに本の虫の典型で、砂鉄に対しては常にビクビクおどおどしていたが、「唯一の友達」であるイリヤのことが心配のあまりか、気もそぞろだった。がっくりと肩を落とすと、焼けただれた美術館側を見て溜息をつく。

「イリヤ君が毎日羽ぼうきで手入れしていた数々の絵が、みんな燃えてしまいました。もし無事だったとしても、美術品を愛する彼はきっと辛いでしょうね」

「これほどの見事な美術品が……彼の心情を思うと私も辛いです」

ユースタスは書物魚に同情気味だったが、砂鉄にとってイリヤは会ったばかりの赤の他人だ。

書物魚は機転を利かせて閉架《へいか》保管庫の消火装置で三月を救ったそうだからそれなりに感謝しているし、今後、この衰退《すいたい》していく世界で活版印刷を復活させようという自分たちにとって必要な人材でもある。

だがイリヤはただ図書館と部屋を分け合っている美術館の館長、というだけの存在だ。正直、砂鉄にとって彼の生死などどうでもいい。

砂鉄はふと、美術館側に展示していない美術品を保管している倉庫があったことを思い出した。絵だけでなく彫刻や、昔の王侯貴族の服なども無造作に置かれてあり、通路はほぼ塞《ふさ》がっている。

だが桜の大きさなら、隙間から出られるかもしれない。裏へ抜ける通路も詳しく調べたが、桜がここから逃走した形跡《けいせき》は無かった。焼け残っている石材や金属も、かなりの高温に巻かれたようだ。

「この倉庫の鍵はあるか」

「あ、はい、イリヤ君から複製を預かってます。万が一自分が鍵を無くした時のために、君が保管しててくれと言われまして」

書物魚が倉庫の鍵を持ってきたが、鍵穴は溶けて変形していた。バックドラフトの危険も無いだろうと、ブーツでドカッと扉を蹴破《けやぶ》る。

「あ、そんな乱暴な」

「どうせ中のもんも焼けてんだろ」

酸素が少なかったのか、内部の美術品は焼けるというより溶けていた。原型をとどめず、煤《すす》だらけになっている。書物魚とユースタスが痛ましそうに倉庫を見回した。

だが砂鉄は芸術品になど興味は無かった。しゃがみ込み、焦げた額縁を観察する。

かなりの温度になったはずだ。裏へ抜ける通路も塞がっており、桜がここから逃走したとは思えない。

ふいに、書物魚が不審そうな声をあげた。

「あ、あれっ、機械人形《オートマタ》がない」

「機械人形？」

「からくり仕掛けで動く少女の人形があったはずなんですが……おかしいな」

「イリヤさんが持ち出したのでは？　彼は美術館維持のために美術品を売ることもあると言っていましたよね」

「いえ、一昨日《おととい》までは確かにここに……あの機械人形が手紙を書く姿が好きで、お茶の時によく見せてもらってました。『書物魚君のお気に入りだから、これは売らないよ』とも言ってくれましたし」

砂鉄とユースタスは顔を見合わせた。

それが本当なら、イリヤは火事の時に機械人形だけを持って逃げたことになる。

「どのぐらいの大きさだ」

「人形部分は等身大ですが、下の箱に詰まったからくり仕掛けはかなりの大きさと重さです。昔は興行師が機械人形を見せて回っていたそうですし、精巧に出来てるんですよ」

「その箱の部分は、人一人入れる大きさですか？」

「こ、小柄な人なら大丈夫でしょう」

それを聞いたユースタスは口元に指を当て、何か考え込んでいた。

書物魚が不安そうに言う。

「ま、まさかイリヤ君が桜さんを機械人形に詰めて運び出したとでも？　無理ですよ、イリヤ君と僕二人がかりでようやく動かせる重さなんですよ」

だが、その箱から機械を全て抜いてしまえば軽くはなるだろう。イリヤなら桜の体重ぐらい簡単に運べるはずだ。

それでもやはり、なぜ、という疑問は残る。

なぜ、出会ったばかりの男がいきなり桜をさらおうとする？

ユースタスも同じ疑問に行き当たったらしい。軽く溜息をついて首を振る。

「消えた機械人形のことはいったん置いておくとして、少し気になることがある。葬送隊に急襲される直前のことだ」

「それがどうした」

ユースタスは頭も良いが勘も鋭い。銀魚の力なのか生来のものかは分からないが、砂鉄は七百年前までも、彼女が「気になる」という時は必ず詳しく聞くようにしていた。

「あの前の夜、君と三月さん、夏草さんの全員が宿を空けていたのだ。しかもアルベルト殿下まで君と一緒にいたという。誰一人、伝言も残さず」

「あ？　俺は少し空けるって三月に言っといたぞ」

「その三月さんは、夏草さんに伝言したと言っていた。よりによって元月氏《げっし》の三人が同じ夜、そろって連絡ミスを犯すなど妙だろう」

砂鉄はあの夜、確かに三月に言付《ことづ》けをしたはずだ。

——だが、それは何時だった？

自分はあの時計塔の鐘の音を聞いたか？

「気にはなったのだが、君たちに詳しく確かめる前にヤレドさんが使者として訪れ、すぐに葬送隊との戦いになったからな。それどころではなかった」

するど書物魚もおどおどと付け加えた。

「三月さんが、僕に『夏草ちゃんから頼まれた』って本のメモを渡したのも妙なんです。わざわざ僕に言付けなくても、自分で本を夏草さんのところに持っていけばいいだけなのに」

「しかも三月さんは、『後で図書館に来る』と言っておきながら姿は見せず、そのまま夏草さんと飲みに出ている。私の知る彼の行動としては妙だ」

私の知る彼、という言い方に砂鉄は微妙に引っかかったが、確かにおかしな話だ。

自分は三月に伝言を残したから、安心してその場を離れたのに。

「意識的に情報を混乱させた者がいるとしか思えない。——書物魚さん、イリヤさんは確かに、二年前からこの美術館にいたのですね？」

「えっ、あっ、はい間違いありません。就任《しゅうにん》初日に、僕に黒スグリのジャムでお茶を淹《い》れてくれましたから」

「二年前……」

ユースタスが「桜を連れ去った者」「情報を混乱させた者」としてイリヤを疑うのは砂鉄も分かる。完全なる部外者は彼だけなのだ。

だがそんなことをして彼に何の得があるのだ。しかも二年前からこの美術館にいたなら、自分と三月が犬蛇《けんじゃ》の島まで桜を迎えに行くだいぶ前の話となる。

万が一、イリヤが邪眼殺しの娘の噂を知っていたとする。

そして彼女の守護者たちがいずれ島に迎えに行き、はるばる旅した末にエルミタージュを訪問する未来も予想する。そこで網《あみ》を張るため、二年間もこの美術館で館長を勤め上げ、桜を待ち構える。

――駄目だ、つじつまが合わない。

イリヤは抜け目の無さそうな男だし、あの柔らかい笑顔で仲間たちを煙《けむ》に巻き、情報を混乱させることは出来るかもしれない。

だがどうしても、「イリヤは二年前からここにいた」という事実がネックとなる。砂鉄と三月が犬蛇の島を訪れることなど誰も知らなかった。ましてや片割れの三月がエルミタージュに図書館を持っているなどどこんな時代にどうやって調べ上げるのだ。

「何か重要なピースが欠けている」

ユースタスの言葉には砂鉄も賛成だった。

ナイフでは斬れない、何か奇妙な存在にじわじわと首筋を圧迫されているような、そんな気持ち悪さを感じる。

「こんな時、アルベルト殿下がいらっしゃればな。あの聡明《そうめい》な頭脳でパズルを組み立ててくださるだろうに」

その言葉にも砂鉄はイラッとしたが、相手は爬虫類《はちゅうるい》だ。彼女に恋人としての存在さえ忘れられていてショックで無いと言えば嘘だが、大人げなく嫉妬するのも馬鹿馬鹿しいし、我慢することにする。

——何せ自分は、もう一度ユースタスを口説《くど》き落とす自信があるからだ。


蒼眼の葬送隊の動向は、活版印刷復活の協力者であるサボルチ伯爵夫人の使者ヤレドが逐一《ちくいち》報告してくれた。

彼は街道で人々の噂を集めながら急使《きゅうし》をサンクト・ペテルブルクに送ってくれるのだ。

相変わらず傍若無人《ぼうじゃくぶじん》な振る舞いを続けているらしく、徒歩の旅人を平然と馬で蹴り殺しながら進んでいるそうだ。雪は積もっていないが、ろくに整備されていない道はぬかるみと馬糞《ばふん》でドロドロで、そう速く進むことも出来ないらしい。

夏草は桟橋《さんばし》でヤレドからの連絡を待っていた。運河を渡る連絡船が、物資と共に手紙を運んでくれるのだ。

周囲でかわされる会話を、夏草はほとんど理解できない。この時代の世界語にさえまだ慣れていないのに、桟橋に手紙が届くことを聞き出すだけで一苦労だった。

いま思えば、七百年前は何て旅が楽だったのだろう。言葉はほぼどこでも通じる、電話や無線で世界の裏側とでも簡単に連絡が取れる、飛行機に乗ればどこにでも行ける。子どもの頃から傭兵《ようへい》暮らしでサバイバルには慣れているつもりでいたが、つくづく自分は文明に甘やかされていたのだと実感する。

だが何より辛《つら》いのは本が気軽に読めないことだ。昔は馬上でも文庫本を手放さなかったが、今は書物がそう簡単には手に入らず、スラスラとも読めない。

また雪が降ってきた。

雪は温かい。自分の生まれ故郷は永久凍土《えいきゅうとうど》に覆《おお》われており、気温が低すぎて氷の世界だった。なので夏草は雪を見ると春を感じる。

(桜が寒い思いをしてなければいいが)

今どこにいるのだろう。身軽だし弓も使える娘だが、七百年も孤島で育ったため、世間知らずなところもある。おそらくはアルちゃんと一緒だろうから、他人に騙《だま》されないよう注意してくれているとは思うのだが。

夏草は、桜が生きていると信じたかった。

合理的判断を失ってはいけない。だが、生きていると信じろと自分に言い聞かせていた。でないと、七百年も世界を放浪したあげくに最愛の姪《めい》っ子を失うことになる三月が哀れすぎる。彼のためにも桜は必ず生きている、その前提で動かなければ。

砕氷船《さいひょうせん》に割られた氷が運河にぷかぷか浮いているのを眺めていると、ようやく連絡船がやってきた。

靴の行商人が手紙の配達人も兼ねているそうだが、差し出された手紙の束にようやくヤレドからの封筒を発見する。

『葬送隊が西に向かっているのは確かですが、目的地は不明です。そしてまだ桜さんが捕らえられた様子もありません』

ホッと息をついた。ひとまず朗報《ろうほう》か。

しかし奇妙なのは、「なぜ葬送隊は桜が西に向かった」と思っているかということだ。しかも馬で全力疾走など、途中であっさり追い越してもおかしくはないのに。

誰がもたらした情報を元に動いているのだろう。それが分からなければ、こちらもなかなかサンクト・ペテルブルクを離れることが出来ない。

「夏草の兄貴」

蜜蜂が栈橋を走ってきた。

まだ雪道に慣れていないのか、寒い国の人間なら絶対にやらない「いったん溶けて凍結したツルツルの辺り」を踏んでバランスを崩している。

この辺りの言葉が分かる彼は三月と手分けして桜の目撃情報を探してくれていたが、さすがにずっと走りっぱなしで疲れたようだ。頬と鼻先が真っ赤になっている。

「火事で焼け出された奴らが入ってる教会とか施術院《せじゅついん》とか片っ端から回ってみたけど、桜はいねえし見たって奴もいなかった」

「そうか」

「すげえよ、神父も医者も朝からウォッカの酔っ払いばっかだから、話聞き出すの手こずってさあ」

彼は毛糸の帽子から雪を払い落とし、深くかぶり直してから続けた。

「あと、ミルク問屋から竜を見たって話も聞いた」

「……竜？」

「俺も絵でしか見たことねえけど、欧州《ヨーロッパ》にはいるんでしょ？　鳥の何倍もでかくて、口から火を吐く怖いやつ」

それは想像上の生き物だ。

だが科学が衰退《すいたい》しきっている現代、魔術と呪術《じゅじゅつ》を誰もが信じ切っているし、その迷信を利用しようとする宗教家も多いらしい。科学や宗教が揺らぎ始めてから、猫の牙でも割れた壺《つぼ》でも無闇矢鱈《やたら》にすがる人間は、この七百年で急増したと三月も言っていた。

だがミルク問屋が何らかの飛行物体を見た、というのだけは本当かもしれない。詳しく話を聞くと、問屋がミルクを買い付けに行く山間《やまあい》の村で、巨大な竜が飛び去ったのを見たそうだ。

「その目撃情報はよくあるのか？　村に竜の伝説が伝わっているとか」

「特に無かったけど、迷信深い村なんだってさ。祠《ほこら》に人魚のミイラ祀《まつ》ってるらしいけど、それ猿と鮭《さけ》を合体させた偽物だよって教えたらミルク問屋驚愕してたぜ」

蜜蜂が竜の存在は信じているのに人魚のミイラは否定するのが、夏草には少し面白かった。

七百年前の世界に彼が生きていたら、きっと好奇心旺盛《おうせい》に科学を学ぶことだろう。

「で、その竜がね、西に一直線に向かったんだって」

「――西に？」

「うん、全然かんけーないかもしんねえけど、葬送隊の奴らも西にまっしぐらなんでしょ？　一応、兄貴たちの耳にも入れておこうと思って」

「……」

この時代に蘇《よみがえ》ってから、夏草はまだ一度も大規模な動力を見ていない。石油は四百年ほど前に各国が奪い合ったあげく戦争で枯渇《こかつ》させたらしいし、石炭は産出国が独占しているため埋蔵《まいぞう》量《りょう》さえよく分からない状態だそうだ。

原始的な水車や風車で農作業や製粉《せいふん》、洗濯などをするのは見かけたが、蒸気機関を利用する産業は衰退したそうだ。大量の水と石炭がそう簡単に手に入らないからだろう。

まともなエンジンも無い状況で飛行物体を作ろうとすれば気球が考えられるだろうが、それだと「竜」という目撃情報に合わない。ハンググライダーは風任せだし、この雪国で飛ぶのは自殺行為だ。

これは砂鉄と三月、ユースタスと相談だ。

もし、桜が自主的に逃げているのではなく誰かに連れ去られたのだとしたら。邪眼殺しの娘を蒼眼の目の前でかっさらい、利用しようとしていたら。

何らかの動力を使った「竜」で桜を遠隔地《えんかくち》までさらう。

そして、桜の現在地情報をあえて蒼眼の葬送隊に流す。六人の蒼眼は仲間殺しの砂鉄も銀魚の力を持つユースタスも放り出し、一斉に西へ向かうことだろう。

夏草が考え込んでいると、蜜蜂の腹が盛大に鳴った。

そう言えばユースタスのせいで目立たないが、彼も食べ盛りの年頃なのだ。

パン売りから揚《あ》げパンを買い、さっそくかぶりつく蜜蜂に、せめて食堂で温かいものを食べさせてやりたかったが、時間が無い。十数ヵ国語を自由に操る彼にしか出来ない仕事がたくさんある。

「あ、これチーズと茸《きのこ》だ。うめえ」

口が達者で世間ずれしていると思っていたが、路上で買い食いする姿は年相応だ。だがふとした仕草から品を感じることもあり、育ちはいいのだろうなと思う。

そして奇妙なことだが、人見知りの自分がこの少年にはすぐに馴染んでしまった。三月からは草原のオカピぐらい警戒心が強いと言われる自分にしては、非常に珍しい。

なぜだろう。蜜蜂は少し、錆丸を思い起こさせるからだろうか。だが何だか、妙な気がする。

ふいに尋ねた。

「お前はあまり、桜の心配をしていないようだな」

「――」

蜜蜂はピタリと動きを止めた。目を丸く見開き、揚げパンにかぶりついたまま夏草を見つめていたが、瞬き《まばた》一つで平静な顔に戻る。

「だってこんだけ聞き込みしても誰も桜見てないってことは、どっかに隠れてるのかもしんねーし」

「それにしても、生きていると確信しているように見える」

「それは……」

今日、砂鉄とユースタスは大量の死体の中に桜がいないか捜す、という仕事をやっている。砂鉄は平然としたものだろうが、心優しいユースタスは痛ましさに眉をひそめながら、一人一人のために祈りを呟いたことだろう。

そして聞き込みを続けている三月も自分ももちろん、桜死亡の可能性は頭に入れている。生存を信じたいのは信じたい。だが覚悟はしておかないと、判断を誤る。

しかし蜜蜂はなぜか、桜が生きていると信じて動いているように見える。旅の道中は子犬みたいに桜とじゃれ合って、仲が良さそうに見えたのに。

いや、彼は桜生存を信じているというより、知っているのではないか？

「エルミタージュで何か見たか？」

「えっ、何かって」

「桜が生きているとお前に確信させるようなもの、人物」

傭兵業が長いわりに、自分は尋問が苦手だ。これはユースタスの得意分野だろうが、探りを入れるぐらいなら。

「あ、えと、何か見たっていうより、俺、蒼眼の偉い奴らの噂ならよくクセールで聞いてたから」

「噂？」

「蒼眼ってめっちゃ選民《せんみん》意識と仲間意識強いけど、やっぱり権力争いはあるんだってさ。派閥《はばつ》みたいなのもあって」

それはそうだろう。蒼眼が人間とは違う種族だとしても、どんな生物にも生き残るために闘争本能はある。

「だったら、邪眼殺しの娘を手に入れたら、ライバルに対してすっげえ武器になるじゃん。だから俺は、もし桜が蒼眼にとっ捕まったとしても、そんな酷《ひど》い扱いは受けねえんじゃねえかなって思ってる」

「殺したりはせずにか？」

「うーん、俺、商売でたまに貴族の館とかに出入りしてたんだけどね、隣国同士の蒼眼の王がめっちゃ仲悪いって噂とか割と聞くし」

確かに桜は蒼眼にとって諸刃《もろは》の剣《つるぎ》となりうる。彼女の能力は脅威的だが、邪眼殺しの力を上手くコントロールし、手元に置いておきたいと願う蒼眼も多いだろう。

「それにさ、三月の兄貴が可哀想じゃん」

「……三月？」

蜜蜂は油でてらてらになった唇を手の甲で拭《ぬぐ》うと、ふいに真面目な顔になった。

「本当は蒼眼の葬送隊を追ってすぐにでも西に行きたいだろうけど、ぐっと我慢して聞き込み続けてるし」

「葬送隊がなぜ西に向かっているのか、その情報源がはっきりしない限りはこちらもうかつに動けない。彼らが誤情報を元に動いている可能性も高いからな」

「うん、でも三月の兄貴が一晩で憔悴《しょうすい》したの見てたら、桜がいなくなったらこの人どうなっちゃうんだろうって心配になって。だから俺は三月の兄貴のためにも、桜は生きてるって信じるぜ」

さっき夏草が考えたのと全く同じことを蜜蜂は言った。

まだ三月と出会って大して時間は経《た》っていないはずだ。だが蜜蜂はそんな彼のことを心配している。三月など、蜜蜂が用無しになったらあっさり殺そう、なんて話を砂鉄としていたのに。

――やっぱり少し、錆丸に似ている。

「それにね、心の中でめっちゃ願い続けたら叶うこともあるって、俺知ってるし」

蜜蜂にしては珍しい、どこか祈るような表情を見て、夏草は内心思った。それは嘘だ。

世界はもっと残酷で、たった一杯の水が欲しいと祈り続けても叶わず、死んでいく子どもなど山ほど見た。目の前で最愛の家族を殺され、心が壊れる大人もありふれていた。

だが十七の少年が、願いは叶うと信じていられるような世界であって欲しいと夏草が願うのも本当だ。

「願いが叶ったことがあるのか」

「うん、俺ガキのころ苛《いじ》められまくってたんだよね」

「――お前が？」

それは意外すぎる。この容姿と性格なら、むしろ人気者だっただろうに。

「あー、母親がね。ちょっと駄目駄目な人で。おかげで俺も巻き込まれて」

蜜蜂は平坦な声でそう言った。冷静に話そう、そう努《つと》めているようにも見えた。

夏草の母の記憶は四歳までだ。だが、優しかった。最期《さいご》は全力で息子を守ってくれた。

「でも、人に嫌われるのが怖くて顔色うかがってたら、段々と媚《こ》び方も分かるようになってきてさ。苛められませんようにって願い続けたら叶った、ってのはそういうわけ」

それは願いが叶った、というよりは蜜蜂が学んだのだろう。元々賢い子のようだ。

「あと、ぜってー手に入んねえって思ってた女の子と、ひょっとしたら何とかなれるかもしんなくて」

蜜蜂は少し照れ気味に言った。だが男女の機微《きび》にはうとい夏草にも、彼の表情にはどこか迷いがあるようだ。

「あー、これ以上は内緒。ガキの恋愛相談なんてガラじゃないでしょ、兄貴も。——さて聞き込み再開しよっかな。それとも一緒にミルク問屋のとこに行ってみる？」

その時、桟橋に再び船がついた。さっきの連絡船より大型だがスマートな形で、鉄製の舳先《へさき》で薄氷をバリバリ割りながら横付けすると、甲板《かんぱん》から真っ先に降りてきた男が、きょろきょろと桟橋を見回す。

毛皮でモコモコの彼は夏草と蜜蜂の顔を見ると、大股《おおまた》に近寄ってくる。

「夏草ってのはアンタ？　あと、こっちの子は蜜蜂？」

「誰だ」

戦闘力は無さそうだし、武器も旅行用の懐剣《かいけん》程度のようだ。だが一応警戒しつつ、蜜蜂を背にかばうよう立つ。

「これ、大至急サンクト・ペテルブルクまで届けたら大金がもらえるって言われてね。ヤレドさんって人から」

――ヤレドから大至急、本日二通目の手紙。

夏草は蜜蜂と顔を見合わせた。封蠟《ふうろう》は確かにサボルチ伯爵家のもの。丸まった羊皮紙《ようひし》を急いで開く。

「ねえ、金をくれるってのは兄さんたちだよね。ヤレドって人からも金もらったけど、急げば急ぐだけもっとたくさんもらえるって約束で」

うるさくせがむ男を片手で制止しながら、夏草は羊皮紙にサッと目を走らせた。

書かれていたのはたった一文。

桜はロンドン。


目が覚めると、暗い部屋だった。

薄目のまま、しばらくその場を動かなかった。床が冷たい。かさかさという音は小さな虫でも這《は》っているのか。虫の足音さえ聞こえるということは、頭が痛くなるほどの機械音が響いていたあの船から移動させられたということだろう。

ゆっくりと深呼吸をした。手のひらをそっと握りしめ、足の指を開いてみる。

（現状把握。手足は動く）

あの奇妙な空飛ぶ船に乗せられた時もそうだったが、イリヤは徹底的に発着の場所を隠そうとする。

いや、場所だけではない。耳につく轟音《ごうおん》と共に飛ぶ船がどうやって離陸するか、飛行するか、着陸するか。それらも見せようとはしない。

空を飛ぶ船の話は聞いたことがあった。遙か昔、まだ桜《さくら》が八歳だった七百年ほど前は、金星堂の娘たちはほとんどが「ひこうき」に乗って来ていた。小舟しか無かった犬蛇《けんじゃ》の島では夢みたいな話だったけれど、火力で空を推進する矢のような船が存在していたらしい。

おそらくあの船は彼にとって大事な武器。ならば弱点ともなりうるはずだ。

壊す？　いや奪う？　どうすればイリヤに最も深手を負わせられ、かつ逃げられる？

深呼吸をし、辺りの気配をうかがった。誰も居ない。

虫が這う音。遠くから聞こえる鐘《かね》の音。冷たい床は湿っていて、鼻につくのは黴《かび》の臭い。

呼吸を整えながら右腕だけをそっと背に回した。

矢筒《やづつ》はある。弓も矢もそのままだ。イリヤはやはり、桜から武器を取り上げようとはしない。

なぜ？

誘拐し、監禁しておきながら武装解除しない。普通はありえない。

よほど桜をあなどっているか、もしくは――。

(私が何を出来るか試そうとしている)

おそらくはそれだ。彼は、桜が蒼眼《そうがん》を普通の人間に変換する「邪眼《じゃがん》殺し」だと知っている。

だがそのために何が必要かは把握《はあく》していない。

桜がクセールの港で蒼眼の軍人を人間に変化させたことを、彼は聞いたはずだ。あの時は大勢の前でママの矢尻をつけた矢を放った。

海賊船での戦闘では蒼眼に矢を当てることが出来ず、欄干《らんかん》の上から飛び降りて矢を直接突き刺した。

だがあの時の戦いを、イリヤは「桜がナイフで蒼眼を刺した」と思っているようだ。

あの時、ナイフで戦っていたのは砂鉄《さてつ》と三月《さんがつ》。おそらくはそのため、桜もナイフで蒼眼を刺したと誤解されている。

そして自分は飛行船の中で、蒼眼の女を人間にしろと命令された時、ママの矢尻を手の中に隠した。少なくとも今の時点では、イリヤにママの矢尻の重要性は知られていないはず。

だが彼が桜から弓矢を取り上げていないということは、「邪眼殺し」にこの武器が必要かもしれないという可能性を捨てていないということだ。

(絶対に、この秘密だけは知られてはならない)

息を潜《ひそ》め、矢筒に背負った矢を指でなぞった。

普通の鉄の矢尻が八本、ママの矢尻は四本。首から提げた袋にママの矢尻が六個。対蒼眼の武器はもうそんなに多くない。

犬蛇の島から運んできたママの枝で作った矢尻はエルミタージュに置いてきてしまった。あの火事で焼けてしまってはいないだろうか。

（みんな）

桜がいなくなって、きっと三月は動揺しているだろう。ずいぶんと年上のはずなのに、たまに酷《ひど》く幼く見える彼が憔悴《しょうすい》していないといいのだけれど。

呼吸を整えた桜はそっと起き上がった。

少なくともここは飛行船ではない。床は揺れていないし、黴臭さも湿り気も、トランシルヴァニアの伯爵夫人の城を思い出させる。石造りの建造物の中だ。

窓は一つ。

桜が背伸びをしても届かない位置に四角くくり貫《ぬ》かれており、申し訳ほどの陽光が差し込んでいる。

埃《ほこり》をはらんで浮かぶ太陽光に、右手の指を四本開いてかざした。角度をしっかりと頭に入れる。

ついで、自分の胃袋を押さえてみた。最後に食事をしたのは飛行船の中。あれから何時間経《た》ったか分からないが、すでに消化されているようだ。

（一日は経っていない……このロンドンという街は確かサンクト・ペテルブルクより緯度《いど》が低い。そんなに寒く感じないのは海流のせい）

金星堂の娘たちから教わったことを頭で繰り返した。

大丈夫。

私は一人でも大丈夫、きっとみんなの元に戻れる。

慎重に部屋をさぐってみた。

金属製の扉は外側から鍵がかかっているようだ。びくともしない。木製の粗末《そまつ》な寝台が一つ。以前は誰かがここに閉じ込められていたのか、悪臭に満ちた毛布が丸められている。そっとめくってみると髪の毛がびっしり貼り付いていてゾッとした。

石材を組み合わせた壁をあちこち押してみたが、緩《ゆる》んでいる箇所《かしょ》は無かった。物語のように、とある石を押すとレバーが現れ、秘密の抜け道が出現するなんてこともなさそうだ。

だが、窓の下の壁一面に文字が彫《ほ》られていることに気がついた。

（世界語《シージエユー》……それも貴族たちが使うような雅文体《がぶんたい》だ）

三百年ほど前までは、犬蛇の島に来ていた金星堂の娘たちの中にこうした文章を書く者もいた。元は王族や貴族だった女性たちだ。

だが徐々に雅文体を書く者はいなくなり、そもそも読み書きが出来る人間が減っていった。

桜も見るのは久しぶりだ。

薄暗い中、桜は苦労しながらその文を読んでみた。文字を指で一つずつなぞり、這い回る虫を追い払いながらの作業だ。

私は。無実の罪で投獄された。明日は髪を剃《そ》られる。明後日《あさって》は爪を剝《は》がれる。父を呪う。母を呪う。私をこの世に産みだした全てを呪う。

そのようなことが延々と連ねてある。よく見ると、その文章以外にも壁にはたくさんの文字が彫られていた。摩耗《まもう》してほとんど読めないものも、比較的新しいものもある。

(ここは牢獄なんだな)

それだけは理解した。

深く深呼吸し、両手でパン、と自分の頰を叩く。

大丈夫、大丈夫、私は大丈夫。

ここから逃げる、みんなと再び合流する、そしてパパを探す旅を再開する……。

膝下から伝わるゾッとするほどの冷気は忘れることにした。こんなの犬蛇の島の掘っ立て小屋に比べたらまともな部屋じゃないか。ちゃんと天井も壁も床もある。虫だってきっと友達になれるのはいる。

ふいに扉の向こうから足音がした。

慌てて弓に矢をつがえる。

扉が開いた瞬間、逃げ出すことは可能か？　いや、この部屋には身を潜める陰が無い。相手がよほどの間抜けでない限り無理だ。

扉を開けたのは隻腕《せきわん》の「左半分」だった。

大ぶりな剣をひっさげ、女の髪をつかんで引きずっている。

（蒼眼）

彼が何を要求するかもう分かった。あの蒼眼の女性に対し、「邪眼殺し」の力を発揮しろ、というのだろう。

蒼眼の女は目隠しをされ、後ろ手に縛《しば》られていた。服装から察するに身分は高そうだ。

「やれ」

左半分に突き飛ばされた女は、小さな悲鳴と共に膝から崩れ落ちた。状況がよく把握できていないようで、何をするのか、私を誰だと思っているのか、と叫んでいる。

唇を噛んだ。彼女を人間にしなければ、この場で左半分から殺されるだけなのだろう。飛行船の時と同じだ。

つがえた矢を矢筒に戻しながら、ママの矢尻をそっと手に握った。

「ごめんなさい、あなたを今から人間にします」

「……人間に？」

桜の声のした方へ、女は聞き返した。どこかあどけない声だ。おそらく桜とそう年齢も変わらないだろう。

ママの矢尻に触れられ、みるみるうちに人間に変わった後、女は絹を裂くような悲鳴をあげた。奇妙なことに、これまで桜が相対《あいたい》してきたどの蒼眼も「自分が人間にされた」ことだけは瞬時に感じ取るようだった。

気絶した彼女は左半分に引きずられていった。

(殺されるより、ましだったはず)

そう思うのに、彼女の悲鳴が耳から離れない。

それから何度か左半分が蒼眼の女を引きずってきた。時にはイリヤも隣で見物していた。桜が苦しそうな顔で邪眼殺しの力を発揮するたび、面白そうにそれを見る。

「やはり、触れるだけで蒼眼を殺せるのですねあなたは」

桜が手のひらの中にママの矢尻を隠していることを知らない彼は、興味深そうにそう言った。

「本当に素晴らしい力です。人間がね、突然、犬にされたらどうします？　種族そのものを強制的に変換させられるのです。蒼眼にとって人間にされるというのはそういうことです」

死ぬよりまし、死ぬよりまし。

何度も自分に言い聞かせた。

蒼眼である彼女たちに個人的な恨みは何も無い。自分の長い旅は「世界のどこかで眠る父を起こし、蒼眼を倒し、人類を救う」ことだったはず。だがこんな風に、実験みたいに見知らぬ蒼眼の女性を次々と人間にしていくなんて。

(私の、邪眼殺しの武器としての性能を、この男は確かめようとしている)

実験で桜の性能を確かめた後、イリヤはどうするつもりだろう。

自分は本当に、この男の手の内から逃げ出せるのか。

左半分ではなく、そっくりの「右半分」という男が来ることもあった。こちらは左腕が無く、銀髪だ。やはり無表情で、常に桜の部屋の前で見張っているようだ。

左半分と右半分がいる以上、逃げ出すのは不可能に近い。鍵をかけられたが上、さらに監視されているなんて。

ママの矢尻が尽きかけたある日、連れてこられた蒼眼の少女が自《みずか》ら喉を掻《か》ききった。

「人間になんて堕《お》とされるぐらいなら、命などいりませぬ」

それが彼女の最期の言葉だった。

呆然とする桜の前で、見開かれた蒼眼から徐々に光が失われていく。

イリヤが肩をすくめた。

「塵《ちり》よりも軽い命でしたね。ああ、気にしないでいいですよ、彼女は『人』ではないのですから、あなたは人殺しではありません」

その夜、桜は膝を抱えて嗚咽《おえつ》した。

自分のせいか。彼女を殺したのは自分なのか。

お前は人を殺せるか、と夏草《なつくさ》に問われた。

殺してしまった。

間接的に彼女に自殺をさせてしまった。それが彼女の選択だったとはいえ、桜の力に彼女は怯《おび》えたのだ。彼女は人ではないから人殺しでは無い、とイリヤは言ったが、そんなことがあるだろうか。

ただ瞳の色が違うだけで、同じ姿、同じ体温の存在なのに。

石の床にはまだ彼女の血がこびりついている。桜と大して年齢も違わなかっただろう。

飛行船で蒼眼の女を人間にした時、イリヤから「彼女は自ら命を絶つかもしれない」と言われた。

桜は、それは彼女の選択だ、と答えた。

あの時は本気でそう思っていた。自分の行く末を決められるのは自分だけ。たとえ蒼眼から人間に「堕とされ」ようと、運命を左右できるのは自らに他ならないと。

だが、今日連れられてきた蒼眼の少女は、桜の力に屈するぐらいならと命を絶った。

(私の、せいだ)

涙が止まらなかった。

ここにユースタスがいてくれたらいいのに。彼女に抱きついて大声で泣いて、話を聞いてもらえたら。

三月ならきっと無条件で桜を抱きしめて甘やかしてくれる。桜はなーんにも悪くないよー、と、あの軽い口調でなだめてくれるだろう。

無愛想で素っ気ない砂鉄だって、きっと側《そば》にはいてくれる。夏草は無言で美味《おい》しいご飯を作ってくれるだろう。

――蜜蜂《みつばち》。

蜜蜂は何と言うだろう。「蒼眼が自殺した？　そりゃそいつの心が弱かったんだな」と平然と肩をすくめそうだ。商売人の彼は常に合理的な物の見方をする。

今、彼にそういう言葉をかけて欲しかった。打算や駆け引きに満ちた、どこか乾いていながら明るい声が聞きたかった。

ほんのわずかに浮かんでいた、イリヤが「下僕《げぼく》」と言ったのは誰だったのか、という疑問は忘れることにした。

それに。

（アルちゃん）

どうしてアルちゃんが今、ここにいないのだ。ずっとずっと、七百年もの間、桜と共にあった彼。この旅が始まってからは王子様の魂まで得てペラペラしゃべるようになったのに。

しゃくり上げて泣き続け、膝がぐしょ濡れになった。この嗚咽もきっと、扉の外で見張っている左半分か右半分に聞かれていることだろう。

窓から差し込む月光が角度を変え、石に染み込んだ血だまりを照らした。

嫌だ。あれを見たくない。

床を這うように、壁際に寄った。

お父さん。私のお父さんはどこにいるの。助けて。もうこんなとこにいたくない。

その時、壁を這って降りてくる何かが見えた。

虫？　――いや、蜥蜴《とかげ》だ。

「アルちゃん！」

慌てて立ち上がり、蜥蜴に手を伸ばした。するすると石壁を伝っているのは確かに、見慣れたアルちゃんの姿だ。

「ここに来てたんだ、良かった、凄《すご》く心配してたんだよ！」

喜びに喉《のど》を詰まらせながら、彼に指を差し出した。

だが、いつものように乗ってこない。首をかしげたまま、不審そうに桜を見つめている。

「……アルちゃん？」

返事は無かった。

緑色の鱗《うろこ》も金色の目も長い尻尾《しっぽ》も、姿は確かにアルちゃんだ。お腹のぷっくり加減もそのままで、間違えるはずもない。

それなのに、答えてくれない。いつもあんなにしゃべっていたのに。

「アルちゃん、どうしたの。桜だよ」

両手をそっと差し出した。

だがやはり、アルちゃんはこちらに来てくれない。壁にペトリと貼り付いたままだ。

唇が震え出した。いったんは止まっていた涙が再びほろほろと流れ出す。

「アルちゃん。もしかしてもう、アルベルト王子じゃなくなった……？　普通の蜥蜴に戻った？」

元々、彼は死んでいる。

桜の母である女神・金星《きんせい》の力で魂だけが現世に蘇《よみがえ》った状態だ。金星もすでに死んでいるので、その力はきっと不安定なものだろう、とはアルベルト自身が述《の》べていた。

アルベルトは再びあの世に逝《い》ってしまったのだろうか。

もう二度と、おしゃべりで物知りな桜の先生には戻ってくれないのか。

蜥蜴はするすると石壁を這い、彫られた呪いの文字の上に居座った。桜を見ようともせず、小さな虫を目で追っている。その姿は本能だけで生きる小動物そのものだ。

桜は呆然と床にへたり込んだ。

唯一、ここに来てくれた味方だと思った。だが、今の彼は――。

「娘の様子は？」

イリヤが尋ねると、左半分は首を振った。

「腑抜《ふぬ》けですね、ありゃ」

「やっぱり目の前で蒼眼に自殺されたのはこたえたかな」

「メソメソ泣いてばかりですよ」

今は右半分が桜の部屋の見張りに立っているが、退屈だとこぼしていたらしい。大声で泣きわめいて暴れるならまだ面白いのだが、その辺の小娘と同じように、膝を抱えてすすり泣いているだけだそうだ。

あの監禁部屋の天井には鏡を使った仕掛けがあり、外部からでも監視できるのだが、桜に不審な動きはなかった。最初は逃げだそうとあちこち探っていたようだが、今は諦めて大人しくしているようだ。

「気が触れかけてるんじゃないですかね。迷い込んできた蜥蜴に話しかけては涙を流し、の繰り返しですよ。邪眼殺しといえど、ただのガキですね」

左半分は腕の立つ自分が少女の監視役にされたことに不満なようだが、イリヤとしては左と右半分の二人を投入してもまだ足りない気分だ。それほどの価値が、あの娘にはある。

――と、思ったのだが。

「……蜥蜴に話しかけてるって？」

「囚《とら》われ人がネズミや虫を友達認定するようになったら、そろそろ危ないですね。首をくらないよう、シーツを取り上げますか？」

「いや、まだ大丈夫だろう」

蜥蜴。

そう言えば桜は、蜥蜴をペットにしているとエルミタージュで言っていた。モデルの礼にと、イリヤはビロードのリボンを蜥蜴用に渡したのだ。

まさかそのペットがサンクト・ペテルブルクからロンドンまでついてきたとは思えないが、妙に気になる。

「その蜥蜴は普通のやつか？」

「え？　部屋が薄暗いんでよく見えませんが、ただの蜥蜴ですよ。チョロチョロ壁を這ってるだけの」

「そうか」

冬に蜥蜴など妙だと思ったが、考えすぎか。

まあ、ペットの爬《は》虫類《ちゅうるい》一匹が桜についてきていたとしても、大した問題ではないが。

それよりも、彼女の精神が壊れきる前に、武器としての性能をもっと詳しく探らなければ。

「蒼眼の女を送るのはもう止《や》めだ。明日、あの娘は幽霊の宴《うたげ》に出す」

イリヤが言うと、左半分は少しだけ目を見開いた。ニイッ、と唇を歪《ゆが》ませて笑う。

「死にますよ」

「あそこで死ぬならそれだけの存在ということだ。私の武器にはふさわしくない」

みぞれ交じりの雨が降ってきた。

馬上《ばじょう》のユースタスは革製のフードをかぶり、マントの留め金をしっかりかけ直そうとしたが、水を吸って重くなった手袋では上手くいかない。

自分が生まれ育った七百年前では撥水《はっすい》加工され極限まで軽くされた服を着ていたが、文明が衰退《すいたい》しつつあるこの時代にそんなものは無い。湿気をはらめば革製品はとたんに扱いづらくなり、獣の臭いを発し出す。

街道とは名ばかりの、ぬかるみと穴ぼこだらけの道だった。以前は石が敷かれていた形跡はあるのだが、建築用にと持ち去られたらしい。

ユースタスはマントの下で、湿った長い髪を襟元《えりもと》に押し込んだ。冷たさに一瞬ぞくっとするが、襟巻《えりま》き代わりだ。

体が重い。

桜が何者かにロンドンへ連れ去られたとの報を受け、砂鉄、三月、夏草、ユースタス、そして通訳兼会計係でしかなかった少年・蜜蜂《みつばち》は、サンクト・ペテルブルクから西へと疾走《しっそう》していた。

海路《かいろ》は悪天候のためほぼ全ての船が立ち往生《おうじょう》しており、邪眼殺しの娘・桜を追う蒼眼の葬《そう》送隊《そうたい》は陸路を馬で向かっているらしい。

目的地はロンドン。

あの街に本当に桜がいるのかどうかは分からない。伯爵夫人の使者であるヤレドからの急報には何の説明も無く、ただ桜はロンドンとだけが記《しる》されていた。たった一言の手紙など、普段の自分たちなら怪しんだだろう。

だが、蒼眼を殺した犯人である砂鉄を追っていたはずの葬送隊は、急遽《きゅうきょ》、サンクト・ペテルブルクを出て西へ向かい始めた。それだけは本当だ。

先頭で三月と馬を並べていた夏草が、自分の馬の鼻先をこちらへ向けた。蜜蜂、砂鉄、ユースタスの馬を見て回り、それぞれの顔や尻尾《しっぽ》、蹄鉄《ていてつ》の具合を確かめた後、蜜蜂の馬の腹帯《ふくたい》を直してやる。月氏《げっし》にいた頃も馬の扱いが上手かった彼は、鐙《あぶみ》から片足を外した状態で、併走《へいそう》する他馬を器用に世話している。

ユースタスはふと、夏草が右手一本しか使っていないのに気がついた。

そうだ、彼はエルミタージュで燃えさかる三月を助けようとして、左手に酷《ひど》い火傷《やけど》を負っている。感覚は無いと言っていたから、おそらく神経もやられている。

もう、両手で武器を持つことは――。

そこまで考えた時、夏草がユースタスの馬の顔ものぞき込んだ。

「こいつが一番疲れてるな。もう頭が上がってない」

「最も小さな馬だったから、体重の軽い私が乗ったのですが……やはりこの強行軍は辛かったか」

ガソリンさえあれば走る車と違い、馬には頻繁《ひんぱん》なメンテナンスが必要だ。基本的には人間に従順な家畜だが、餌《えさ》がなければ動けないし、機嫌の良し悪しで素直に応じてくれない時もある。賢《かしこ》い動物なので、乗る人間によって態度を変えるのも当たり前だ。

急遽手に入れたユースタスの馬は安い荷役馬《にやくば》で、普段はあまり人を乗せないので、鞍《くら》をつけるのさえ嫌がった。今も気を抜くと脚が止まりがちで、仲間たちから遅れそうになる。

「俺の馬と替えるか」

夏草に提案されたが、夏草が乗り手になったところでこの馬の疲れが取れるわけではない。馬の扱いが上手な彼に対し、少しだけ行儀がよくなる程度だろう。

「いや。これ以上、天候が悪くなるようならどこかで休ませた方がいいでしょうが」

そう答えながら、ユースタスは先頭を行く三月の背中をちらりと見た。

桜が姿を消して以来、彼はほとんど口を開かない。

本当なら今すぐにでも一人で馬を疾走させ、ロンドンに駆けつけたいだろう。

だが桜をさらったのが何者か不明な上、蒼眼の葬送隊まで彼女を追っている。一人突っ走るより元月氏の夏草、砂鉄や、銀魚《ぎんぎょ》の力を持つユースタスと離れないのが得策だ。

冷静に、と自分に言い聞かせているのか、三月の顔には焦《あせ》りや動揺は見えなかった。

ただ、感情を失ったかのような真顔だ。

整った顔立ちだけに、いつものヘラリとした笑顔が浮かんでいないと、酷薄《こくはく》ささえ感じさせる。

あれは、桜が今どんな目に遭《あ》っているかを考えているのだろう。最悪のシーンばかりが脳裏《のうり》に浮かび、焼き付いて離れないのだ。

それに、桜が「ママの樹」で作った矢尻をあとどれほど持っているかも気にかかる。

彼女はあの矢尻無しでは蒼眼を無力化できない。もちろんそれは本人も重々承知で、必ず懐《ふところ》にしのばせていたはずだが、万が一に矢尻をきらしていたら。

蒼眼を無力化できない桜は、ただの十五の少女だ。

多少は戦えるとはいえ、蒼眼の手にかかれば赤子の手をひねるようなものだろう。こちらの荷物にあるママの枝を、早く届けてあげたいのだが。

ユースタスはふと、三月と夏草を全速力でロンドンに向かわせ、蜜蜂を伝令とし、自分は砂鉄と後から追う案を考えていたことに気がついた。

——自分が、砂鉄と二人で？

思わず横目で彼を見た。

空を覆《おお》う暗雲をじっと見上げている。隻眼《せきがん》の彼は残った左目もかなり悪いそうだから、視力ではなく気配で天候を感じ取ろうとしているのかもしれない。

無愛想で、ぶっきらぼうで、常に冷静だが、ユースタスにはなぜか時々皮肉を言う。

自分もついムキになって反論してしまうのだが、そうすると彼は面白そうにニヤリと笑う。

それでまたこちらが腹を立てる。

そんな男相手に、自分が二人で旅をしようなどと一瞬でも考えただと？　気心の知れた相手以外は、男性という生き物を警戒しきっている自分が？

ふいに、砂鉄の左目がこちらを見た。

「何だ」

ユースタスの視線に気づいたらしく、ボソッとそう聞かれる。

慌てて彼から目をそらした。

なぜ自分は今、あの瞳に引き込まれそうになったのだ。

刃のような鋭い目。なのになぜかさっき、「懐かしい」と思ってしまった。

その瞬間、凄《すさ》まじい勢いで映像が脳裏に流れ出した。

東京。上海《シャンハイ》。蒸し暑い密林《ジャングル》。月光の高山。

そして錆丸《さびまる》と――。

だが浮かびかけた何かはすぐ霧散《むさん》してしまった。

代わりに、心臓が抜き取られて体に穴が空いたような、そんな冷たさが全身を巡る。

(何だ、これは)

自分の感情に説明がつかないのは、純粋に恐怖だ。なぜ自分は砂鉄の目を見て懐かしいと思ったり、心臓を抜かれたような気になったのだろう。

だが今は、そんなことを考えている場合ではない。軽く頭を振ったユースタスは咳払《せきばら》いをし、キリッと表情を引き締めてから空を見上げた。

「今、夏草さんとも話していたのだが、雨が酷くなるようならどこかで休憩を取った方がいいだろう。強行軍で馬を潰しては元も子もない」

すると砂鉄は無言で三月の背中を見た。やはり彼の気持ちをおもんばかっているのだろう。

「替え馬があるか、次の宿場《しゅくば》で探すか」

「そ、そうだな。せめて一頭か二頭だけでも」

小さな宿場では、五人分の馬全てを新しくするのは難しい。そもそも冬は行き交う旅人も少ないし、村には共用の農作業馬が一頭だけ、ということも珍しくない。交渉は骨が折れるだろう。

とはいえユースタスは、砂鉄も「三月と夏草だけでも先に行かせる」という可能性を考慮していることに気がついた。もし新しい馬を手に入れられたら、そしてまっしぐらにロンドンへ向かうことで三月の気が少しでも軽くなるなら。

だが桜を追う葬送隊は恐ろしい手練《てだ》れが六人だ。エルミタージュ宮殿では、こちらが全員そろっていてさえ全く歯が立たなかった。ユースタスの銀魚の力を使って、命からがら敗走《はいそう》するのが精一杯だったのだ。

もし三月と夏草だけを全速力でロンドンに向かわせ、葬送隊に追いついてしまったとしたら。

——二人に待っているのは死だ。

夏草がうなずいた。

「二手に分かれることは俺も考えていた。一か八かだが、葬送隊と別ルートでロンドンを目指すことも視野に入れて」

「この時期だが、北海《ほっかい》を横切るって無謀《むぼう》な手もあんな。どんな荒れた海でも渡れると豪語《ごうご》する船乗りがいるらしいし」

砂鉄によると、バルト海や北海は今や海賊が跋扈《ばっこ》しているらしい。桜たちが地中海を渡るときも海賊船を乗っ取ったらしいし、この時代の殺伐《さつばつ》ぶりがよく分かる。

「ロンドンは一体今どうなっているのだ？　沈みゆくローマを見た時、私は大変なショックを受けたのだが」

そう尋ねると、砂鉄は軽く肩をすくめた。

「一言で表すなら、やべー街って感じだな」

「やべー、とは。今まで見た昔の大都市は大半がそうだったが」

「ありゃ人口がどんどん減って滅びる途中の街って感じだろうが。ロンドンは逆に、蟻《あり》みてーに貧乏人が集まって凄まじい人口密度になってお互い殺し合ってる」

「ロンドンがそんなことに……」

以前、小国の騎士団に所属していた時、儀礼で何度か訪れたロンドンを思い浮かべた。美しい宮殿、教会、そして観光客の誰もが必ず訪れる大きな時計台。

それが、そんなスラムじみた有様に？

夏草が不審そうに聞いた。

「なぜロンドンに人が集まっている。七百年前に栄えていた都市ほど文明の衰退についていけず、どんどん人が逃げ出したと聞いたが」

「それは――」

砂鉄が説明しようとした時、前方の蜜蜂が振り返った。

「兄貴たち、ユースタス！　ちょっと来て、マジやべえ！」

大声を張り上げるので、三人は馬の脚を早めて三月と蜜蜂に追いついた。

濠《ほり》で囲まれた典型的な農村が見下ろせ、街道はそこに続いているのだが、なぜか入れる橋が一つも無い。村が荒らされた様子は無いのに、橋だけが壊されたように見える。

右手を額《ひたい》にかざし、村をよく観察したユースタスは、それを砂鉄に説明した。このみぞれ交じりの雨、しかも彼の視力では、村の全景は分かっても橋の細部まで把握できないだろうと思ったからだ。

すると、砂鉄が真顔で言った。

「何で今、お前は橋のことを俺に説明した？」

「え？　……それは、君には見えないだろうと思ったからだ。見えている方の左目も視力は良くないと言っていただろう」

「いつ、俺は視力が悪いことをお前に言った？」

「それは」

――いつ、だっただろう。

砂鉄とは、七百年後の世界で目覚めてから出会ったばかりだ。

だが仲間の戦闘力、弱点などを把握しておくのは大事だ。だから彼から聞いたような気がしていたが。

いや、桜から聞いたのか？　それとも三月？　夏草？

また、心臓を冷たい風が吹き抜けるような気がした。

マントの下で、無意識のように自分の長い髪をつかむ。

（なぜ、私は髪なんか伸ばしているのだ。戦う上で必要は無いのに。男装もしているのに）

しばらく逡巡《しゅんじゅん》したあげく、ユースタスは一言、忘れた、とだけ答えた。

砂鉄は、そうか、と小さく笑った。

一行は村の入り口まで街道を進んだ。やはり立ち往生して困っている旅人が何人かいる。

馬を下りた蜜蜂が、鳥打ち帽の旅人に声をかけた。

「何で橋が一個も無いんすか？　この一番でかい橋ないと、村の人も困るでしょ」

「ああ、それが」

旅人は恐ろしそうに顔を歪め、大きく首を振った。

「数日前の嵐で吹っ飛んだのは本来、この『大なた橋』だけだったそうだ。村人たちは他の小さな橋を使って材木を集め、大なた橋を修理しようとしていた矢先のことだったんだが」

彼はいったん、言葉を切り、亡霊に囲まれているかのように首をすくめた。声を少し落として言う。

「昨日、蒼眼の奴らがやってきたそうだ。それも六人も」

――蒼眼の葬送隊。

ユースタスは息を飲んだ。昨日、ということはそんなに離されていない。ならば、別ルートで追い越すことも可能か？

「だが、この橋が使えず奴らは馬で街道を進めない。するとね、奴らは人間で大なた橋を再生させたんだ」

「……人間で？」

「そうさ、ここの村人、立ち往生してる旅人、そういう人間を邪眼《じゃがん》で操って、濠の中に重ねたそうだ。みんな魂の抜かれたような顔で、黙ってお互い腕を組み、溺《おぼ》れ死にながら土台を作った」

「――」

さすがに蜜蜂が絶句した。

ユースタスも反射的に十字を切り、橋となった哀れな人々の冥福《めいふく》を祈った。

「橋の土台が出来上がったが、まだ馬で六人が渡るのは難しい。すると蒼眼の一人が人間の土台を歩いて濠を渡り、怯えて隠れていた村人たちを操って集め始めた」

蒼眼は大なた橋に人を集め、蒼眼六人、馬六頭が通れる一時的な橋を完成させた。急ごしらえとはいえ、実に「立派な」橋だったそうだ。

「何でそこまでひでぇこと……他の橋まで回るとか、村ごと迂回《うかい》するとか、出来るだろ」

憤慨《ふんがい》して言った蜜蜂に、鳥打ち帽の旅人はゆっくりと首を振った。

「『急いでいるので直進したかった』。これが彼らの残した言葉だそうだ。蒼眼が『橋』を渡り終わり、次々と沈んだ村人の生き残りの証言だ」

ユースタスはゾッとした。

エルミタージュで蒼眼の容赦《ようしゃ》ない殺戮《さつりく》を見た。街道でも「邪魔」な人間を次々跳ね飛ばしているとも聞いた。

本当に、蒼眼は人間とは全く違う種族なのだ。人が蚊《か》を殺すことに何の疑問も覚えないように、彼らにとって人間は下等動物でしかないのだろう。

「だけど、俺たちもここ通れないと困るんだよな……濠の狭いとこで仮橋とか作ってくれねぇかな？」

「村人は半減してる上に、よそ者に怯えきってるらしい。こうやって『旧・大なた橋』前で何人も立ち往生してるんだが、話を聞いてくれないんだ」

「じゃあ俺が交渉してくるよ。あっちだって村に閉じ込められてちゃ困るんだし」

馬の鼻先を巡らせた蜜蜂はさっそく、村がこいの西へと向かって言った。外の様子を見ている村人と、濠越しに話し合うつもりだろう。

「こうした交渉ごとは蜜蜂に任せて安心だな。人を信用させる手段を心得ている」

誰へともなくそう言ったユースタスに、普段は無口な夏草が珍しく返事をした。

「確かにあいつの交渉能力は抜群だ。下手したら替え馬も手に入れてくれるかもしれん」

夏草の言葉に、ユースタスはそっと三月を見た。

恐ろしいほどの無表情で、流された橋の痕跡を凝視《ぎょうし》している。夏草が「替え馬も」と口にしたのは、三月に聞かせたかったからだろう。

この村の人々には気の毒だが、人口が半減もしたのなら農耕馬《のうこうば》が余っている可能性がある。今の時期は厩《うまや》でのんびりしているだろうが、元気な馬をせめて二頭、手に入れられたら。

「三月さん、この村の人々は大変な災難にあったが、村の再建のために資金が必要だ。蜜蜂の交渉次第で新しい馬が手に入れば、二手に分かれて三月さんと夏草さんが超特急でロンドンを目指すという手も——」

ユースタスの言葉が宙に浮いた。

三月の目に、はっきりとした殺気が浮かんでいた。本能的に恐怖を覚える。

だが彼の目はユースタスではなく、その背後を見ていた。

砂鉄が濡れた煙草を地面に投げ捨てた。マントの下でナイフを握っている。

ユースタスは総毛立《そうけだ》った。

今、自分の背後にいるのは——。

振り向くのが怖い、なんて甘えたことを言っている場合では無い。現状把握は何より大切なのに。

鼓動が早くなる。おそるおそる振り返る。

蒼眼が三人。

二手に分かれようと考えたのは、自分たちだけではなかった。彼らもまた、三人ずつに隊を分けたのだ。

三人は桜を追ってロンドンへ向かっているのだろう。

そして残り三人は、蒼眼殺しである砂鉄を処刑に——いや、蒼眼の力を相殺《そうさい》するユースタスを捕らえに待ち構えていたのだ。おそらく村を通り過ぎた後、迂回してこちらの背後をついた。

血の海となったエルミタージュの回廊を思い出す。あの時より蒼眼の人数は減った。こちらは四人。しかも仲間の誰かが蒼眼に操られそうになっても、ユースタスの銀魚がそれを解除できる。

ユースタスは剣の柄《つか》に手をかけた。

（絶望は愚《おろ》か者の結論）

自分は砂鉄や三月、夏草ほどに戦えるわけではない。

だが蒼眼はまだ、銀魚の本当の力を知らない。その解明のためにもユースタスは生きたまま捕らえようとするはずだ。

敵を殺すより生け捕りする方が難しい。ならば、こちらにも勝機は見えるはず。

「奴らの目を見ないこと」

夏草が自分に言い聞かせるよう小さく呟いた。そして砂鉄と三月に淡々と尋ねる。

「馬上戦ならこちらに多少有利という可能性は」

「ねえな」

「ほぼゼロ」

二人同時に返事をされ、夏草が小さな溜息をつく。分かっていたが、という顔だ。

蒼眼の三人は距離をとって対峙《たいじ》したまま、近づいてこようとはしない。おそらく、最大の目的であるユースタスの動向を見守っている。

頭の中でせわしなく自問自答した。

(戦闘力に絶対的な自信のある彼らが、人数で劣っているとはいえなぜすぐに襲ってこない？　それは銀魚の力を使って逃げるのを警戒しているからだ)

ふと、もう一つの可能性に思い当たった。

蒼眼の目的はユースタス。ならばここで砂鉄たちがユースタスを放り出してしまえば、自分たちだけは逃げられるかもしれない。

この三人の男たちは命がけで銀魚使いを守ろうとするか？　それとも形勢不利とみればさっさと逃げ出すか？

——もしくは、三人の男はここで銀魚使いを殺そうとするか？　あの奇妙な力を蒼眼にとられるぐらいなら、と？

(そうか、蒼眼は砂鉄と三月さん、夏草さんが私を殺して逃走するかもと危惧《きぐ》しているのか)

ユースタスがその可能性に思い当たった瞬間だった。

ふいに強く腕をつかまれた。

「俺から離れるな」

砂鉄だった。

「絶対に」

「砂鉄」

「お前だけでも逃がしてえが、この状況じゃそれも難しいな」

また、あの目。

いつも眼光鋭いのに、なぜかユースタスを見る時だけは違う色が見える。

その瞳に引き込まれたのは一瞬だった。

ふいに夏草が言った。

「兎《うさぎ》その４」

三月が答える。

「男鹿《おじか》その２」

暗号？　ユースタスが驚いていると、砂鉄も言った。

「蜜蜂その１」

——蜜蜂。

そういえば彼は一人はぐれている。ユースタスがそう思い出した瞬間だった。

「行くぞ！」

砂鉄がユースタスに叫んだ。

反射的に鐙を踏み込む。彼と同時に馬を馳《は》せる。

背後を見ている余裕など無かった。疲弊《ひへい》しきった馬を全力で走らせる。

村はずれの森。あそこに逃げ込むしかない。森の中になら、銀魚で操れる動物がいる可能性がある。

「案の定、二人こっちきたな！」

砂鉄が声を張り上げた。ユースタスが肩越しにちらりと振り返ると、五馬身《ばしん》ほどで二人の蒼眼が追ってきている。もう一人は三月か夏草を追っているのだろうか。

「兎と男鹿は散開《さんかい》して逃走の暗号か！」

「月氏時代のな、七百年ぶりに使ったぜ。だが一番大事なのは蜜蜂その1だ。このクソやべぇ状況を打開するにはあいつに賭けるしかねぇ」

ユースタスはふいに思い当たった。

蜜蜂だけは、エルミタージュで蒼眼と戦っていない。

桜と並んで二階の回廊にはいたが、あの時は彼らと同じく、血の海となった大広間を二階から呆然と見下ろす人間が何人もいた。

そして蜜蜂はその後すぐ、図書館に本の救出に行った。

つまり、蒼眼は蜜蜂のことを、こちらの仲間だと知らない可能性が高い。あれだけの人間が逃げ惑っていた大騒ぎだ、いくら蒼眼とはいえ、蜜蜂の顔など覚えていないだろう。

蜜蜂ならば、先行して桜を追う三人の蒼眼を馬で追い越しても追われることはない。海を渡る別ルートで蒼眼より先にロンドンに着ける可能性もある。

「では私たちはおとりということだな！」

「後ろの奴らは何が何でもお前を生け捕りしてえだろうよ」

「夏草さんがわざわざ現役時代の古い暗号を使ったのは」

「蒼眼の奴ら聴力が異常らしいからな。蜜蜂の名前だけ出せば警戒されたかもしんねえが、兎と男鹿に混ぜちまえば、奴らはそういう暗号だと思うだろ」

疾走する馬の上で、砂鉄は冷静に説明した。

三月と夏草も散開しているなら、残った蒼眼は一人しか追えない。つまり、三月と夏草のどちらかは必ずフリーになる。

蜜蜂はまだこの騒ぎを知らずに、呑気《のんき》に村人と交渉しているだろう。

その彼にそっと近づき、ママの枝の荷物を渡し、一人でロンドンに向かえ、桜を救え、と頼むのだ。

通訳兼会計係の少年に、そこまで背負い込ませるのは無謀かもしれない。金のためにこの旅に同行している、と言っていたし、途中で逃げられる可能性もある。

だがユースタスは、普段は大人びた蜜蜂の顔に時折浮かぶ、子供じみた笑顔を信じたかった。

幼い少年のような、いたずらっ子のような、彼がそんな笑い方をするのは桜と話す時だけなのだ。

（蜜蜂に賭けるしかない）

こちらの三人の蒼眼は執拗《しつよう》にユースタスを追い回し、砂鉄と三月、夏草を殺そうとするだろう。足止めを喰らうのは必至だ。

背後から蹄《ひづめ》の音が近づいてくる。蒼眼の追っ手二人は、もうユースタスのマントに手が届きそうなほどに迫っていた。

絶体絶命。

なのになぜかユースタスは落ち着いていられた。さっき蒼眼に背後をとられた時は恐怖感でいっぱいだったのに。

それもこれも――。

「君と二人でいる時は常に、生命の危機に迫られている気がするな！」

伯爵夫人の城では蒼眼の軍人と戦うことになった。

さらにはエルミタージュ宮殿の二階から、凍った河めがけて命がけのジャンプ。

そして、今この時。

常に砂鉄が側《そば》にいた。彼は、ユースタスの銀魚は重要な戦力なので、お前を守ると言った。

その言葉どおり、今、彼は私を守ってくれている。

森はもうすぐ。薄暗い茂みに逃げ込んで馬を捨てれば、森林やジャングルでの戦いに詳しい砂鉄が何とかしてくれるかもしれない。

（……あれ？）

砂鉄がジャングルや森で戦い慣れていることなど、なぜ自分が知っているのだろう。

いつ、自分はこの話を聞いたのだろう。

「森に突っ込むぞ、せいぜい気張れよおとり！」

砂鉄が声を張り上げた。

「おとり呼びはあんまりではないか！　本当に口の悪い男だな、君は！」

ユースタスも大声で言い返した。背後には蒼眼の手が迫っているというのに、何だか笑ってしまった。

第八話 ✦ 幽霊を射《い》貫《ぬ》け雲雀《ひばり》の矢

みぞれが酷《ひど》くなってきた。

蜜蜂《みつばち》は重くなったマントを軽く絞《しぼ》り、再び頭からフードをかぶり直した。冷たい水滴が体温をじわじわ奪っていく。さっきから歯がカチカチ鳴っている。

体の芯から寒い、という状態を、この旅で初めて知った。

砂鉄《さてつ》、三月《さんがつ》と出会い、桜《さくら》を犬蛇《けんじゃ》の島から脱出させ、地中海を放浪したあげく欧州《ヨーロッパ》を北上している。蜜蜂が今まで見たこともなかった、垂《た》れ込める重たい雲、激しい雨、雪、それに氷。

氷なんて、王族や貴族が果汁をかけて楽しむ贅沢品《ぜいたくひん》だと思っていたのに、この辺りでは河も池も凍り、巨大な塊《かたまり》として存在する。

パラパラ、という音に蜜蜂は顔を上げた。

フードを少しだけめくって曇天《どんてん》を見上げ、手のひらを出してみる。氷の粒が降り始めた。

雪よりもたちが悪く、これが降っているのは天候が荒れている証拠だとユースタスに教えてもらった。きっとこれから、もっと降ってくる。

(急がなきゃ)

砂鉄、三月、ユースタス、夏草《なつくさ》と共に桜を追い、ロンドンを目指していた一行だったが、街道の橋が落ちて立ち往生《おうじょう》していた。

先を行く蒼眼《そうがん》の葬送隊《そうそうたい》はおぞましいことに村人たちで「人間の橋」を作り、平然と馬で渡っていったそうだ。

そのため橋の先にある村の人々は怯《おび》えて頑《かたく》なに扉を閉ざし、他の橋も跳ね上げたり落としてしまっていた。濠《ほり》に囲まれたこの大きな村を迂回《うかい》し、街道を外れて進むのも不可能ではない。だが馬の足はぬかるみにとられ、野生動物に狙われ、苦労することになるだろう。下手したら盗賊などにも襲われ、無駄な時間を食うことになる。

蜜蜂は何とか村人たちを説得して仮の橋を渡してもらおうとしていた。河ではなく、流れの無い濠だ。木材さえ供給してもらえれば、同じく橋の前で立ち往生していた他の旅人たちとも協力して数時間で仮橋を渡せるはずだ。

村を囲む濠に沿って蜜蜂は進んだ。

他の旅人に聞いたとおり、馬が通れそうな橋は全て壊されている。蜜蜂の生まれた辺りでは見たこともなかったが、欧州を北上してからは、この濠に囲まれた大きな集落に出くわすようになった。

(昔は中に城とかあって防衛拠点だったんだろうな)

王宮にいたころ夢中になって読んだ「戦略の歴史」を思い出した。

そして、そう言えばあの本を薦《すす》めたのもイリヤの野郎だったと気づき、無意識に舌打ちする。

だが、考えるのは後だ。

まずは村人を説得し、街道を通してもらうこと。連れの四人はとても強いが、交渉役なら自分が適役のはずだ。

寒さと強風で倒れそうになりながらも、蜜蜂は濠に沿って歩き続けた。どこかに、村人が出入りできる橋が残してあるはずだ。

（あった！）

濠が大きく湾曲《わんきょく》している箇所《かしょ》に、小さな木製の橋が見えた。強風に煽《あお》られぐらぐらしているが、人一人ぐらいなら通れそうだ。

だが駆け寄った蜜蜂に、制止の声がかかった。

「止まれ！」

橋の向こう側に村人が二人、立っていた。それぞれ鎌《かま》や鍬《くわ》を手にしている。

彼らの顔は真っ青だった。憤怒《ふんぬ》より恐怖の方が勝《まさ》っているようだ。

「この橋を渡ることは許さん」

「ま、待ってくれ、何も村の人たちに悪さしようってんじゃなくて、ただ村を突っ切ってる街道を通して欲しくて」

「勝手に迂回していけ。よそ者は絶対に入れない。またあいつらに来られたら」

案の定、蒼眼の葬送隊に対して怯えきっているようだ。

いきなりやってきて村人たちを操り、濠に沈めて馬で渡るようなことをされれば当然だろう。

だが、こちらも引くわけにはいかない。一刻も早くロンドンに向かわなければ。

「お願いだ、この酷い天気の中、何人もの旅人たちが立ち往生してんだよ。みんなただの行商人とかで――」

両手を広げ、武器を所持していないことを示しながら、蜜蜂は一歩踏み出した。

だが粗末《そまつ》な橋に足をかけようとした瞬間、村人の一人がロープを握って叫ぶ。

「それ以上進めば、橋は落とす！」

いきなり蜜蜂の足下《あしもと》がずるっと動いた。後ろにひっくり返りそうになる。

慌てて足下を見ると、橋板が向こう側からロープで引かれていた。骨組みだけ固定されており、橋板はいつでも外せる仕組みのようだ。

おそらく、濠の外に出てまだ戻ってこない村人のためにこの橋だけは残してあるのだろう。

だが絶対によそ者は通さない、そのため、あれだけ必死の形相《ぎょうそう》で武器を構えているのか。

「蒼眼ならもうとっくに遠くへ行ったぜ、心配いらねえよ！　あんたたちだっていつまでも閉じこもってらんねえだろ、街道沿いの村なんて人の行き来が絶え」

いきなり背後から口を塞《ふさ》がれた。

「⁉」

何が何だか分からないうちに体を抱え上げられ、荷物みたいに運ばれる。相手は走っているようだ。

(何っ、えっ、蒼眼!?)

じたばた暴れながら首をひねり、ようやく相手の顔を見た。

――三月だった。

驚いて固まったままの蜜蜂のフードを、三月は深く下ろした。

「顔出さないで、絶対に」

いったい何事だ。蜜蜂は両手でフードの縁《ふち》をつかみ、顔をうつむけた。

彼は叩きつけるみぞれに顔をしかめながら走り続け、濠の村から少し外れた農具小屋のようなところに飛び込んだ。明かり取りの小さな窓からすかさず外をチェックする。

三月はしばらく外をうかがっていたが、やがてようやく、蜜蜂を床に下ろした。

「三月の兄貴、一体なに――」

「蜜蜂、俺たちと別れてから誰かに会った?」

「誰か? いや、だーれもいない濠をめぐって、あの橋のとこまで歩いただけ。会ったのは橋にいたオッサン二人くらい」

「蒼眼には顔見られてないね?」

「蒼眼? えっ、あいつらまさか、まだこの辺に」

「村を通り過ぎたと見せかけて、六人の葬送隊のうち三人が迂回して俺たちを待ち構えてた。

今はバラバラに逃げてる」

「――」

「正直、逃げ切れるか分かんない。砂鉄がユースタスかばいながらも人数引き受けてくれたおかげで、俺は追っ手をまくことが出来たけど」

「人数引き受けたって……」

「三人の蒼眼のうち二人。あいつらの狙いはユースタスだから、まんまと食いついたよ」

「でも、蒼眼相手に二対二で」

「馬で森に向かってくのが見えた。森に入ればユースタスの能力で撹乱《かくらん》できっかもしんないけど、正直、かなり厳しい」

「夏草の兄貴は」

「それも分かんない。……けどまあ、いくら蒼眼が視力や聴力に優《すぐ》れてててもこの天気だし役に立たない。いったんどこかに身を潜《ひそ》めた夏草ちゃんを捜し出すのは相当に難しいと思う」

「そ、そうなの？」

でも相手は蒼眼の中でも選《え》りすぐりのエリート、葬送隊だ。あの場にいた他の旅人たちを操り、夏草の捜索に加えさせたらどうなる。

心配で眉をひそめた蜜蜂を、三月は無表情に見下ろした。

そして頬を伝い落ちる冷たい水を拭《ぬぐ》いながら、静かに言った。

「昔から、夏草ちゃんは気配を消すのが上手かった。野外でも屋内でも、本気で身を潜められたらたとえ俺でも見つけるのは至難《しなん》の業《わざ》だったから」

――だから、大丈夫。

自分にそう言い聞かせているような表情だった。

「それよりも蜜蜂、お前に大事な話がある」

突然、真顔で言われて蜜蜂は戸惑った。

三月が自分に？

これまで彼は、大事なことは「大人たち」と相談し、桜にかまい倒してはきたが、蜜蜂に積極的に声をかけることなどほとんどなかった。砂鉄ほど無愛想でもないが、蜜蜂のことは「使える通訳ではあるが、役に立たなくなったら速攻で首を切ろう」ぐらいに見ていたと思うのだが。

困惑して三月を見上げると、彼は軽く息を吐き、決心したように言った。

「蜜蜂、お前一人で先にロンドンに向かってくれ」

「……は？」

通訳のはずの自分が、旅の仲間たちと別れて、一人で目的地へ？

ポカンと口を開いていると、三月は蜜蜂の両肩に手を乗せ、真剣な目で言った。

「俺たちはこれから、蒼眼たちに追い回される。いったんはまけるかもしんないけど、あいつらも俺たちの目的地がロンドンだって分かってるみたいだから、絶対にどこかでかち合っちゃう。完全に逃げ切るのは相当に難しい」

「で、でもっ」

「ユースタスを捕らえに戻ってきたのは六人の葬送隊のうち三人。ってことは、残り三人は真《ま》っ直《す》ぐ桜を追ってるはずだ。難しいとは思うけど、蜜蜂が先にロンドンについて桜を助けて欲しい」

「俺が？　いや、いくら何でも無理だよ、相手は蒼眼三人でしょ？　兄貴たちみてえに戦えるわけじゃないし、俺が一人、桜のとこ行ったって――」

「蜜蜂にだけ出来る、大事な任務がある」

そう言うと、三月はマントの下から革袋を取り出した。丁寧になめされ、獣脂《じゅうし》で何度も防水加工したであろう、上等そうなものだ。

「これを桜に届けて欲しい」

「……え、これ何？」

「中見て。滴《しずく》垂らさないよう、注意して」

戸惑いながらも蜜蜂は、犬のように顔を振って髪や顔から水滴を払った。手を服で何度も拭ってから、革袋を受け取る。

金属製の留め具を外すと、さらに革紐《かわひも》で厳重に巻かれていた。

昼間なのに小屋はひどく暗く、中に何が入っているのかよく分からない。

「触ってもいい？」

「一個だけね」

蜜蜂はかじかむ指先に息を吹きかけ、袋の中に慎重に手を入れた。何だか丸いものがたくさん入っており、二本の指で一つだけつまみ上げる。

――木で作られた、ドングリ型のボールだった。底の方に穴が空《あ》いている。

「……まさか、桜の弓の練習用の矢尻《やじり》？」

小さな子供が的を射る遊びなどで使うものだ。彼女の弓の腕はなかなかなのに、未だに木製の矢尻などで練習するのかと尋ねると、金属の矢尻は貴重だから、と何だか的外れな答えをされた。

「えっ、俺に桜へ届けて欲しいものって、これ？　ただのオモチャみたいなもんじゃ」

戸惑いながら三月を見上げたが、彼の顔は真剣そのものだった。黙って蜜蜂の目を見たあと、静かに言う。

「これがアルちゃんだったら、さて蜜蜂くん、自分に課された『重要な任務』が何なのか考えてみて下さい、って質問するんだろうけど」

「……」

「蜜蜂は賢《かしこ》いから、蒼眼から必死に逃げ惑いながらも、俺が蜜蜂にこれを託《たく》そうとする理由、分かるかも」

ただの、木の矢尻。

よく磨《みが》かれ、重心も偏《かたよ》っていない、完璧な紡錘形《ぼうすいがた》の一端《いったん》を削《けず》った形。だが、ありふれた木製。

ふいに、桜が蒼眼に矢を放つ姿が思い出された。

クセールの港では、彼女は高い塔の上にいた。当然、矢尻など蜜蜂にはよく見えなかった。

地中海を行く船に蒼眼の軍人が乗り込んできた時は、大混戦だった。蜜蜂は桜を守れと言われていたものの、襲いかかる敵から我が身を守るので精一杯だった。桜が船のヤードを走り抜け、頭上から蒼眼の脳天に矢を突き立てた瞬間は見たが、やはり矢尻そのものなど気にしていなかった。

エルミタージュではどうだっただろう。

彼女が必死に蒼眼に対して矢を放っていた姿は見たが、あの大混乱ではやはり矢尻など目に入らなかった。

だが、もしかして。

「……桜が蒼眼を無効化してたんじゃなくて、このオモチャみたいな矢尻が、蒼眼を無効化してる……？」

三月は何も答えなかった。だが蜜蜂の言葉の続きを待っているようだ。

蜜蜂は独り言のように続けた。

「いや、そんな超強力な対蒼眼武器があるなら、桜じゃなくて兄貴たちが使えばいいだけだし……つまり、桜だけが、このドングリ矢尻を使って『邪眼殺《じゃがん》し』の能力を発揮《はっき》できる」

「そういうこと」

蜜蜂は呆然と三月を見上げた。

今まで一緒に旅してきて、全く気づかなかった。

桜は巧《たく》みに、対蒼眼戦の時だけこの木の矢尻を使っていることを蜜蜂に隠していたのか。

(いや隠してたってほどでもねえな。気づかなかった俺が間抜けだ)

だが、これは彼女の重大な秘密だ。

それを「ただの通訳」であり部外者である蜜蜂に三月が打ち明けたというなら、相当に追い詰められた状況だということだ。

「えと、あいつ今、いくつぐらいこの矢尻持ってんの？　なくなってたらやばくねえ？」

「やばいどころじゃないよ。この矢尻がなきゃ、桜はただの十五歳の少女だ。先発の葬送隊にとっ捕まってもやばいけど、俺が心配してるのは、桜をさらった奴のこと」

とたんに、蜜蜂の心臓が跳ねた。

イリヤ。

彼は桜を誘拐して何をしようというのか。なぜ、ロンドンなんて遠い遠い場所へ連れ去ったのか。

だが、邪眼殺しの娘を利用しようとしているのだけは分かる。地位や権力や、そんな生ぬるい栄光ではなく、もっと大きな何かを欲しているはずだ。

「誘拐犯は、蒼眼の葬送隊の目の前で桜を連れ出してるから、蒼眼の仲間とも思えない。ならば、邪眼殺しの噂を聞いて、利用しようと考えた人間だと思う」

──人間。

三月のその言葉に、蜜蜂はドキリとした。人間でも蒼眼でもない、中途半端な半眼《はんがん》と呼ばれるイリヤが桜をさらったと知ったら、三月はどう思うだろう。

そしてもし、蜜蜂もまた半眼という生き物だと仲間たちに知られたら、彼らにどう思われるだろう。

「桜をさらった奴の目的が邪眼殺しの力だったら、桜の矢尻が尽きた時がやばい。なぜ邪眼を殺せなくなった、と桜に詰め寄り、無理矢理にでも能力を引き出させようとするだろうな」

「む、無理矢理って」

「拷問《ごうもん》だよ。相手は桜が意図的に能力を使わないと思うでしょ。使えない、んじゃなくてね」

拷問。

目を見開いた蜜蜂に、三月は平坦な声で言った。

「この矢尻のことは、桜にとって最も重要な秘密だから、桜も絶対に口を割ろうとしないと思う。それで、酷い目に──」

三月の声が途切れた。

彼が今、表面上は冷静に見えるのは、荒れ狂う心を意志で抑えているからだ。冷静にならなければ追ってくる蒼眼とも戦えない。そのためだ。

「本当なら空を飛んで桜のもとに行きたい。でも蒼眼に足止めされてる。蜜蜂、お前だけが頼りだ」

蜜蜂だけが頼り。

恐ろしく強い、この男が自分を？

「蜜蜂だけは蒼眼の葬送隊に顔を知られてない。ロンドンに向かう途中で見られても、敵は気づかない」

そう言えば、エルミタージュでは自分はすぐ戦いから離脱して、本の救出に向かった。仲間だと思われていないはずだ。

「……えと、三月の兄貴が俺にこんな大事な矢尻を託してくれるのって、砂鉄や夏草の兄貴とか、ユースタスは知ってんの？」

「知ってる。他に方法が無いのに、みんな気づいてる」

蜜蜂はふと、自分の肩に三月の両手が置かれたままだったことに気がついた。

そして真摯《しんし》な目で見下ろされている。こんなことは、旅を続けてきた中で初めてだ。

「桜の重大な秘密をお前に話した。その上で、蜜蜂にとって何のメリットもない頼み事をする」

蜜蜂の肩に置かれた三月の手に、ぐっと力がこもった。

そんな任務を与えられたところで、蜜蜂が放棄《ほうき》するのは十分考えられるはずだ。

蜜蜂は雇《やと》われただけの通訳。桜にしか使えない妙な矢尻は放り出し、ロンドンへなど向かわず、路銀《ろぎん》だけせしめて逃げ出すことも出来る。もしくは、蒼眼の誰かに近づいて「邪眼殺しの秘密を教えるよ」と矢尻を高く売りつける可能性もある。

だがそれでも、三月は蜜蜂に頼らざるを得ない状況だ。

「蜜蜂。信頼してる」

三月の灰色の目が、小さな窓からのわずかな光で、重たい銀色に見えた。

信頼している、という彼の言葉が、蜜蜂の胸にじわじわ広がっていく。

自分の人生で、誰かからこんなに頼られるなんて初めてじゃないだろうか。

――しかも今、自分は蒼眼の能力を使っていない。

信頼してくれ、なんて三月に命令していないのに、彼は蜜蜂を信頼してくれた。

それが嬉しかった。

信じてると誰かから言われる、ただそれだけが、こんなにも胸を満たすだなんて。

「分かった、任せて」

蜜蜂も真剣な目で三月に応《こた》えた。その後、ニヤッと笑う。

「桜のやつ、びーびー泣いてっかもしんねえから、颯爽《さっそう》と俺が参上してやんよ。ロンドンに着いたら何とかして捜し出すから」

わざと軽い口調で言うと、三月の表情がほんの少しだけ緩《ゆる》んだ。

「頼む。悪いけど、馬を連れに戻る余裕は無いから、蜜蜂はしばらく徒歩かな。どっかで馬を調《ちょう》達《たつ》してね」

三月は自分の懐《ふところ》から路銀を取り出し、蜜蜂に手渡した。

「今あるのはこれだけ。蜜蜂、手持ちはどれぐらい？」

「結構あるよ、俺が旅の会計係でもあったし。なるべく良い馬買って、超特急で桜を助けに行くから」

すると、三月は真顔で言った。

「でも蜜蜂、ロンドンで桜と二人っきりになったからって、ぜってー手ェ出さないでね。何かあったって後で知ったら、俺、やばいと思うよ」

「しねえって！　俺から見たって桜は全然ガキじゃん、俺は年上のおっぱい大きいお姉さんが好きだし。好みと真逆すぎんよ」

蜜蜂の軽口に、三月は軽く息をついた。わずかな苦笑を浮かべ、蜜蜂の頭にぽんと手を乗せる。

「じゃ、信頼することにすっかな」

――あ。

また信頼って言われた。

蜜蜂がその言葉を反芻《はんすう》していると、三月は再び窓の外をうかがった。みぞれと風はさらに強くなっているようだ。

「俺はもう行く。一緒にいるところを蒼眼の奴らに見られたらまずいし」

深くフードをかぶり直した三月は、扉の取っ手に手をかけ、蜜蜂を振り返った。

何も言わずに一度、蜜蜂に深くうなずいてみせ、するりと扉を抜けていく。

彼が去った後も、蜜蜂はその扉を見つめていた。

三月に信頼していると言われた。

砂鉄も夏草もユースタスも、三月が蜜蜂に大事な矢尻を託すことを知っている。つまり彼らも蜜蜂を信頼してくれているはずだ。

（そうだ、俺はどっちにしろ桜を追わなきゃなんだから。リルリルが結婚しちゃう前に、邪眼殺しの娘を――）

ふいに、ロンドンで桜と会えたとして、その後は？　という疑問が浮かんだ。

この旅で何度も何度も思ったこと。自分は本当に、桜をイリヤから取り戻し、無理矢理に父王のもとへ連れて行けるのか？

桜は仲間のもとに戻りたがるだろう。逃げだそうとするだろう。そんな彼女を縛《しば》ったり檻《おり》に入れたりして、家畜みたいに長旅させる？

なぜか、呆然としてしまった。

最初から決めていたじゃないか。

邪眼殺しの娘を手に入れようとしていたのは、イリヤだけじゃなく自分もじゃないか。

なのに、今さら――。

蜜蜂は小さく首を振った。脳裏《のうり》に浮かんだリルリルの淡い笑みと、甘いお菓子を食べて子供みたいにはしゃいでいる桜の笑顔を、振り払おうとした。

今は考えない。

とにかく一人、ロンドンを目指すだけだ。


砂鉄と二人、蒼眼に追われて森に飛び込んだユースタスは、フードの留《と》め紐《ひも》を強く絞った。

この薄暗い森で最も目立つのは自分の髪だ。飛び道具の目標にされてはかなわない。

砂鉄は素晴らしい手綱《たづな》さばきで馬を操りながら、鬱蒼《うっそう》と林立する針葉樹《しんようじゅ》を抜けていく。正直、ユースタスにはついていくのが精一杯だ。

振り返ると、ほんの少しだけ蒼眼の追っ手二人を引き離せていた。砂鉄のルート選びが巧みで、大木を曲がる瞬間などは彼らの視界から自分たちが消えてしまうだろう。

初めて見るはずの森で、よくここまで的確に馬を馳《は》せられるな、とユースタスは砂鉄に感心した。さっきから全くスピードを緩めない。

わずかずつ追っ手を引き離せて心に余裕が出来たせいか、ユースタスにも森の様子が見えてきた。

ここはこれまでの旅で見かけた、野放図に生い茂った原生林ではない。人間が通れるようある程度伐採《ばっさい》され、時に開けた場所が点在している。

(村人たちの放牧地か！)

七百年前の欧州ではほぼ絶滅していた、豚にドングリなどを食わせるための森だ。開墾《かいこん》はせず、自然の恵みだけで家畜を育てているのだろう。

そうか、砂鉄はこうした森を他にいくつも知っているのだ。だから初めて飛び込んだこの森でも、猛スピードで迷わず進むことが出来る。

とはいえ彼は、生い茂る樹木の位置、地面の高低差などからの「人間はこの辺に道や餌場《えさば》を作るだろう」という推測のみで進路を決めている。つくづく、戦闘技術に優れた男だ。

砂鉄は元・月氏《げっし》だと言っていた。

だから七百年前から月氏に所属していた三月も、桜の守護者として信用するに足る男と判断し、桜の守護者としたのだ。そう説明された。

だが、何かがおかしい。

そもそも砂鉄も三月も、七百年後のこの世界に存続しているはずの月氏のことを、一度でも話したか？

最近目覚めたばかりの夏草も、なぜ自分が一鎖《いっさ》をしていた組織のことを尋ねようとしない？

そもそも、砂鉄とは何者だ。

なぜ彼は桜の関係者でもないのにこの旅に――。

そこまで考えたとたん、ユースタスの頭がくらりとした。後頭部にずきりと痛みが走る。

小さく首を振った。

なぜか最近、砂鉄のことを真剣に考えようとするたびに頭が痛む。だが今は、何とかして追っ手をまくのが先決だ。

馬を馳せる彼の背中をひたすら見つめていると、砂鉄が振り返った。

「あのブナの大木を曲がったら馬を飛び降りるぞ！」

「えっ」

「あの先は小さな沢になってるはずだ、奴らの視界から俺たちが消えた瞬間、身を隠す。出来るな？」

ユースタスは一瞬、言葉を失った。

この障害物だらけの場所で、疾走《しっそう》する馬から飛び降りる。普通なら大怪我間違いなし、一歩間違えば即死だ。

だが、砂鉄に「出来るな？」と問われたら。

なぜかユースタスは出来る気がした。蒼眼に捕らえられて実験道具にされるぐらいなら、ここで一か八か賭けるべし。

（この男が一緒なら）

ユースタスは大きくうなずいた。

砂鉄の左目がわずかにすがめられた。――笑った。のか？

目標のブナはすぐ目の前だ。

手綱を強く引く。馬が口から飛沫《しぶき》を飛ばしながら、鼻先を左に向ける。左足を鐙《あぶみ》から抜き、鞍《くら》に上げる。

「今だ！」

砂鉄の合図と共にユースタスは鞍を蹴《け》って飛んだ。

沢。

濡れ落ち葉が溜まっている。あそこなら。

着地の瞬間、肩を強打した。すかさず受け身を取り、斜面をごろごろと転がり落ちる。

いきなり襟首《えりくび》をつかまれた。砂鉄の強い腕がユースタスを引き揚げ、斜面のくぼみに身を隠す。

頭上では馬の蹄《ひづめ》の音が二つ、遠ざかっていった。代わりに近づいてくる蒼眼たちの馬二頭。

十数秒をおいて、ブナの大木を曲がっていく。

ユースタスは息を潜め、耳をそばだてていた。樹齢数百年はありそうな立派なブナの、周囲に落とす濃い影のおかげで、蒼眼たちも視界が悪かったようだ。今や無人となった馬二頭を追い、遠ざかっていく。

ユースタスは思わず、安堵の溜息をついた。

そしてようやく、自分が砂鉄に強く抱かれていることに気づく。

（あ）

男と抱き合っている。

この自分が。

男性恐怖症で、ずっと男装をしていて、触れられたりしたら鳥肌が立っていたこの自分が。

いや、これは危機的状況だから仕方がない。頭ではそう分かっているのだが、背中に回された彼の腕をどうしても強く意識してしまう。

戸惑いながらも、彼の胸をそっと押し返そうとすると、ユースタスを抱く右腕に力がこもった。

「まだ動くな」

声が驚くほど近かった。彼の唇が、自分の顔のすぐ側《そば》にあるのだと気づく。

「俺の馬のたてがみに、白樺樹皮《しらかばじゅひ》に獣脂を染み込ませた紐を結びつけて点火した。そろそろ馬の皮膚が焼かれてるころだ」

彼の息さえかかる距離。

そんなことを考えている場合ではないのに。

ユースタスは無意識に身をこわばらせた。

「……時限式で馬に痛みを与えたのか」

「すぐ火は消えるだろうが、馬を苛々させることは出来る。俺たちの馬は人間がいなくなって速度は上がってるし、制御も失って好き勝手に森の奥へ奥へと入り込むだろ」

「だが、馬の蹄の音が軽くなっていることに、蒼眼たちは気づくだろう」

「天気が幸いしたな。見ろ」

砂鉄が軽く顎《あご》を上げた。ユースタスが森を振り返ると、森全体が白く沸き立っている。

「みぞれか！」

木々の葉に、幹に、下生えの草に、氷の粒が叩きつけられていた。森がうなるような音をあげはじめる。小動物が慌てて巣穴に駆け込む。

「どうせ馬が無人なのはいずればれる。奴らはどこで俺たちが馬を捨てたか特定しようとするはずだ」

そう言うと砂鉄は、ユースタスを抱いていた右腕をようやく緩めた。

「移動する」

「森を出るのか」

「いや、馬で入れない場所に移動する。みぞれが降っているうちが勝負だ。――あと」

ふいに、砂鉄の手がユースタスの首元に伸ばされた。

思わずビクッと身をすくめると、彼の指先はフードからはみ出ていた金髪を軽くすくい上げた。

「髪はきっちり隠しておけ」

「あ、ああ」

ユースタスが慌てて髪をフードに押し込むと、砂鉄は手袋を脱いだ。

この寒さに素手で何をするのかと思えば、懐中《かいちゅう》の道具入れから炭と獣脂を取り出している。

「火を焚《た》くのか？」

「いや、顔に塗る」

砂鉄はナイフの柄《つか》で炭を粉々にすると、獣脂とよく混ぜ合わせた。さらには、その辺の苔《こけ》もすり潰して入れる。

そして粘《ねば》ついたその不気味なペーストを、いきなりユースタスの頬にペチッ、と貼り付けた。

「な――」

「動くな」

「ぎ、擬装《ぎそう》用の顔料《がんりょう》なら、自分で塗る」

自然の中では、人間の肌は光を反射して目立つ。周囲の景色に合わせて顔にペイントをすることは、戦闘地ではよくある。

「うるせえな、大人しくしてろ。お前、この緯度《いど》・季節の森林地帯で迷彩《めいさい》ペイントしたことあんのか」

ユースタスは黙り込んだ。

七百年前は騎士団に所属していたとはいえ、所詮《しょせん》、貴族の坊ちゃんだらけのお飾りだった。当然、実戦でのこうした迷彩は経験が無い。

「覚えとけ、光の当たる額《ひたい》、頬骨《ほおぼね》、鼻は濃く塗る。目や口周りなんかは淡く。すると自然物に紛《まぎ》れやすい」

砂鉄は淡々とそう説明しているが、素手で顔を触られているユースタスは落ち着かなくて仕方がなかった。

視界にちらちらと入る、節《ふし》くれ立った長い指。手の甲の血管、手首の骨。

そのどれもが、今自分は男に顔を撫でられているのだと自覚させる。

それでも、彼の指先は優しかった。丁寧に、ユースタスの顔を黒く塗りつぶしていく。

無意識に息を止めていると、ようやく彼の手が離れた。

「ま、こんなもんか。……本当はその目立つ睫毛《まつげ》も塗りてえが」

そう言われたユースタスは砂鉄を見上げ、ぱちくりと瞬きをした。砂鉄が小さく笑う。

「似合うぞ」

そのわずかな微笑《ほほえ》みに妙な気恥ずかしさを覚え、ユースタスは彼の顔から目をそらした。一歩、彼から距離を取りつつも尋ねる。

「君の顔は私が塗ろうか」

「いや、慣れてっから自分でやる」

言葉通り、砂鉄はナイフを鏡代わりにさっさと自分の顔を黒く塗った。黒髪に黒い瞳なので、暗い木陰などに入ったら完全に紛れそうだ。

みぞれが段々と大粒になってきた。森を打ち付ける音が激しくなり、隠密《おんみつ》行動にはもってこいだ。

二人は沢の斜面を這うように移動し、倒木した巨大な樫《かし》を見つけた。割れた幹が岩に寄りかかり、ぎりぎり、二人が隠れられるほどの空間はある。おあつらえ向きに、絡みついたシダや苔がちょうどいいカーテンにもなりそうだ。

先に樫の下に潜り込んだ砂鉄は、危険な生物がいないかチェックし、簡易のかまどを作るため地面に穴を掘った。煙を上手く分散・吸収するよう、苔や落ち葉を隙間にも詰めている。ユースタスは手伝おうかと申し出たが、一人の方が早いと言われてしまった。

(元・月氏というのも納得のサバイバル術だな……)

砂鉄のことはほとんど知らないが、こんな事態では何て頼りになる男なんだろう。

「悪いが二人並んで座る余裕はねえぞ。俺の膝の間に座れ」

「……」

正直、この隠れ家を見た時、ユースタスもそれしかないな、とは思っていた。だがどうしても足がすくむ。

砂鉄が軽く自分の膝を叩いた。犬や猫を呼ぶような仕草だ。

軽く息を吐いたユースタスは、決心して樫の下に潜り込んだ。砂鉄の両膝の間におずおずと座る。

その体勢で砂鉄はかまどに火を入れた。

立ち上る煙は上手く分散され、外にはほんのひと筋しか漏れない。これなら蒼眼に発見される恐れも低いだろう。

小さなブリキのカップで湯を沸かし、二人で交互に飲んだ。顔面のペイントはもう落としていいと言われたので、お湯で絞った布で拭《ふ》きとる。

火が安定してくると、濡れたマントを脱げと言われたので素直に脱いだ。狭い中ごそごそと動き、何とか広げて干す。

それでも寒かった。

服が溶けたみぞれの水分を吸って、冷たく重い。お湯を飲めば一時的には胃が温まるし、暖かい色の炎を見ているだけでも心は落ち着くのだが、体は小刻みに震え続けている。

両膝を抱いて縮こまっていたユースタスに、砂鉄が言った。

「俺にもたれろ」

「……」

しばらく迷った。

だがユースタスはすでに、この男が自分に無体なことをしないだろう、と信じかけていた。

いや、自分はすでに知っている。

砂鉄がそのような男ではないこと。ユースタスの嫌がることなど絶対にしないこと。彼が——何があろうと自分を守ってくれる存在であること。

そっと彼の胸に背をもたれさせた。じんわりと体温が伝わってくる。温かい。

最初は緊張して身を固くしていたが、やがて彼の体温に負け、ユースタスの体からは少しずつ力が抜けていった。気がつくと後頭部も彼の肩にもたれている。

「眠っていいぞ」

「……いや……火の番は交代で……」

「お前が寝不足になられる方が困る。出来れば早朝、薄闇に紛れて森を脱出してえからな」

彼の声がすぐ耳元にある。

優しい声。何度も何度も聞いた、低くて、でもユースタスと話す時だけ少し甘くなる声。

ユースタスは眠りに落ちながら、ふと、自分はいつどこで彼の甘い声や強い腕を知ったのだろうと思った。だがそれは急速な眠りに落ちる途中、霧散《むさん》した。

どれだけ眠っていたのか、ふと、ユースタスの目が覚めた。

ぼんやりとシダと苔のカーテンを見つめる。もうみぞれの音はしない。

気がつくと、自分の腹に砂鉄の両腕が回っていた。少し重いが、とても温かい。

身じろぎしたユースタスに、砂鉄が言った。

「起きたか」

腹に回された両腕をどかせてくれ、とは言えなかった。

ただただ、温かかった。

「……今、何時頃だ」

「午前二時ってとこか。森の匂いや音からすると」

そうか、携帯する時計など無いのが当たり前の時代だと、人は嗅覚《きゅうかく》や聴覚で時刻を察知できるようになるのか。

「夜明けまでまだかなりある。眠ってろ」

「ありがとう」

再び深い眠りにつく直前、ユースタスは砂鉄の手が自分の髪をつまみ上げたのに気がついた。

一つに結んだ長い髪の、その尻尾《しっぽ》の辺りだ。それを、砂鉄が自分の指に絡《から》めている。手慰《てなぐさ》みのような仕草。

髪の先っぽが軽く持ち上げられた。

振り返らずとも、ユースタスは砂鉄が自分の髪にキスしているのが分かった。


蜜蜂《みつばち》が一人でロンドンに急いで向かうと言っても、ルートも何も決まってはいない。これまでは「大人たち」にくっついているだけでよかった旅だったが、これからは全て自分の判断だ。

まずは馬の調達《ちょうたつ》が先決《せんけつ》。路銀《ろぎん》に余裕はあると三月《さんがつ》には言ったが、馬を買おうとすれば心許《こころもと》ない。とはいえ、蜜蜂は少し大きな街に出れば、いくらでも金を稼《かせ》ぐ自信があった。

悪天候の中、野生の獣や盗賊に怯えながら閉ざされた村を迂回《うかい》すると、ろくに整備されていない街道をひたすらに急いだ。すれ違った旅人に次の宿場《しゅくば》まであとどれぐらいかと聞くと、最低でも三日はかかるという。

（くそっ、クセールなら街も都市もギュッと固まってて、隣国まで宿も途絶えることなかったのに）

陸も海も豊かだった南国クセールと違い、欧州《ヨーロッパ》の北側にはおそらく人口を維持《いじ》できる土地が少ない。どうしても、ぽつぽつと点在して暮らすしかないのだろう。

幸い、街道の途中で葬儀屋だという男の荷馬車に乗せてもらえることになった。屋根の無い荷台には、干し林檎《りんご》の樽《たる》やチーズの麻袋に混じって、大きな棺桶《かんおけ》がどんと置いてある。

「棺桶の番をしてくれるなら、次の宿場まで送るよ」

「棺桶の番……まさかこれ、空じゃなくて」

「まだ死んでない爺《じい》さんが一人、眠ってる。時々、棺桶の蓋《ふた》ずらして息してるか確認してくれ」

「え、えええええ」

何でも、次の宿場になかなか腕の良い流しの医者がいるらしい。葬儀屋は家族から頼まれ、この爺さんを医者のもとへ運んでいるそうだ。

「でも、病人の爺さんを棺桶に入れて運ばなくても」

「何を言う坊主、棺桶ほど人体が収まるのに適した入れ物はあるかい。もし医者に間に合わず死んじまったら、そのまま棺桶で戻ればいいし」

合理的と言えば合理的なのか。死を忌避《きひ》しがちな宗教とは対照的に、何ともあっけらかんとしたものだ。

それから蜜蜂は時々、棺桶の蓋を開けて爺さんの世話をした。

お湯を飲ませ、干し肉を茹《ゆ》でたスープとすり潰した木の実を与える。彼は脚の付け根に大きな瘤《こぶ》が出来て、痛くて歩けないのだそうだ。蜜蜂が食事の世話をするたびに、その文句を言われた。

やがて次の宿場に着き、蜜蜂は葬儀屋と共に村に一軒だけの酒場兼居酒屋に入った。その流しの医者がまだいるか尋ねるためだ。

医者はいた。

一番大きいテーブルで村人や旅人に囲まれて笑っている。

だがその顔を見て蜜蜂は驚愕《きょうがく》した。

「いや、先生のおかげで娘の発作が治まってね。よく眠れるようになったよ」

「うちも遠くから母ちゃん連れてきてよかったよ。なぜかピタッと乳が止まって、赤子が泣くばかりだったのに、今じゃ噴水のようさ」

「僕のおかげでなく、薬が効いたんですよ。お嬢さんの発作の方は手遅れ一歩手前でしたし、間に合ってよかったです」

にこやかにそう答える医者は、露出狂《ろしゅつきょう》のヤレドだ。

これまでもサンクト・ペテルブルクに葬送隊の動向を逐一《ちくいち》知らせてくれてはいたが、なぜこんなところで「流しの医者」などやっているのだ。

ヤレドは蜜蜂と目が合うと、笑顔で手を上げた。

「やあ、優秀な助手くん。待ってましたよ」

「えっ」

蜜蜂が驚いていると、葬儀屋が怪訝《けげん》そうに言う。

「あんた、このお医者と知り合い？　この宿場にいるの知らなかったの？」

「えと、その、まさか『流しの腕の良い医者』がうちのお師匠さんのことだとは思わなくて。もっと西に行ってると思い込んでたから」

とっさにそう答えた。

ヤレドはロンドンで桜や葬送隊の様子を探ってくれているとばかり思っていたのに。なぜここに。そして、なぜ医者。

葬儀屋に棺桶で連れてきた爺さんを診《み》てくれと言われると、ヤレドはまず報酬《ほうしゅう》を要求した。

「どれだけ払えるかによって、使える薬も違ってきますよ」

葬儀屋は、爺さんの家族から預かってきたという蜂蜜酒の瓶《びん》を差し出した。

「現金なんか持ってない家族だからね、この特製の酒六本で勘弁しとくれ。桑《くわ》の実で香り付けしてある」

ヤレドは蜂蜜酒の香りを嗅《か》ぎ、一口舐《な》めると満足したらしく、すぐに爺さんの脚の付け根を診てくれた。しわしわのモノの横に、卵よりも大きな瘤が出来ている。

「薬で小さくしておくれ」

そう頼む爺さんに、ヤレドは首を振った。

「薬じゃ無理ですね、この大きさだと。切り取っちゃいましょう」

とたんに爺さんは硬直し、居酒屋の客たちは悲鳴をあげた。

「き、切り取る……？　できものを切り取るなんて、出来るのか？」

「僕ならね。その辺の藪《やぶ》医者に任せたら駄目ですよ、血がドバドバ出て死んじゃうから」

爺さんは酷《ひど》く怯《おび》えていたが、ヤレドの説得と、「できものが切り取られるところが見たい」との客たちの煽《あお》りもあり、やがて観念した。硬く目を閉じて祈りを呟き、葬儀屋に家族への知らせはよろしく、と頼んでいる。

蜜蜂も正直、興味津々《しんしん》だった。

この辺りでは、教会で病退散の護符《ごふ》をもらうか、失血死寸前までひたすら悪い血を抜くのが病気への唯一の対処法らしい。

(外科手術、って言ってたっけな)

蜜蜂はまた、イリヤに教わったことを思い出した。

医者は患者の熱と脈をはかり、目や口の中の様子をよく確かめ、尿の色を見てから診断を下《くだ》し、薬を調合する。蜜蜂がアヤーズとして育った宮廷でも、クセールの港街でもそうだった。

だがはるか昔、神話の時代には患部を綺麗に切り取り、跡形もなく治す医者の神がいたそうだ。頭でも腸《はらわた》でも手足でも縫《ぬ》い合わせて、はい、元通りとやったらしい。

正直、いくらイリヤに言われても半信半疑だった蜜蜂だが、今からこの露出狂がその技を披《ひ》露《ろう》するという。

瘤の切り取りはその場で行われた。

大量のお湯と布が用意され、野次馬に囲まれたヤレドは、まず爺さんにとろりとした液体を飲ませた。薄い桃色で、葉っぱのようなものが混じっている。

すると爺さんの瞼《まぶた》がすぐに重くなり、こわばった表情のまま眠り込んだ。見物人たちから、おお、と声があがる。

ヤレドが爺さんの鼠径部《そけいぶ》にナイフを入れた時は悲鳴が上がったが、彼は黙々《もくもく》と瘤の中身を切り取っていった。

(すげー、人間の脚の付け根ってこうなってんのか)

この旅が始まってからは荒事の連続で、蜜蜂も死体にはさすがに慣れてきたのだが、生きた人間から悪いものを切り取れるなんて。

「はい、上手くいきました」

傷口を縫い終えたヤレドは、膏薬《こうやく》で患部を覆《おお》って布で縛《しば》った。見物客たちはおっかなびっくり、皿にのせられた爺さんの瘤を見ている。

「凄《すご》いなあ、出来物が綺麗に切り取られるなんて」

「爺さんの家族にも見せてやれよ、瘤の悪魔はヤレド先生がきっちり退治してくれたってな」

見物客たちも葬儀屋も盛り上がり、瘤は乾燥させて爺さんとともに持ち帰らせよう、いや今の大きさと形を保つなら蜂蜜の瓶に漬けておけ、などと盛り上がっている。

ヤレドは葬儀屋に、小瓶に入ったシロップを渡した。

「このお爺さんが起きたら、この万能薬をひと匙《さじ》、お湯か蜂蜜酒に溶かして飲ませろとご家族にお伝えください」

「万能薬？」

とたんに食いついてきた葬儀屋と見物客たちを、ヤレドは笑顔で見回した。

「目の病、止まらないゲップ、胸や腹の痛み、関節の痛み、何にでも効きますよ」

ヤレドが振ってみせた小瓶を、みんな興味津々で見つめていた。いくらだ、と早速《さっそく》買おうとする者もいたが、彼はもったいぶって首を振った。

「この万能薬は簡単にはお譲《ゆず》りできないです」

ヤレドの意外な技術に蜜蜂は驚きっぱなしだったが、その晩、彼の個室に泊まった時に種明かしを聞いた。

「だって僕、あの手術しか出来ないんですよ」

「えっ」

「他の難しいこと、なーんにも出来ません。生まれつき歩けない子の骨を治すとか無理ですよ」

何でもヤレドの実家は羊をたくさん飼っており、毎年、一頭や二頭は脚に瘤が出来る病気にかかるらしい。ヤレドの祖父はそれを炙《あぶ》ったナイフでスッスッと切り取り、元気にさせていた。

「祖父は羊も人間も似たようなものだと言ってて、時々、村人の瘤なんかを取ってやっていました。幼い頃からそれを見てきたんで、僕も出来るんですよ」

「あの爺さんに飲ませてた薬とかは……」

「祖父直伝です。羊を大人しくさせる量と、人間への量はかなり違いますがね」

意外なことに、ヤレドは薬草に大層《たいそう》詳しかった。

彼は物心ついてから三十年ほど、あちこちの女子修道院に侵入し続けた。彼女たちに自分の裸を見て欲しかったからだ。

何とも迷惑極まりない露出狂だが、大抵の修道院は薬草園を持っている。ヤレドは修道女たちのたおやかな手で世話される薬草が羨《うらや》ましくて、あれこれ調べたあげく独学で薬に詳しくなったそうだ。

「だって、修道院って村の治療院も兼ねてたりするじゃないですか。僕が薬草に詳しくなれば、修道女ちゃんたちと共通の話題が出来ることになりますし」

「いや薬草以前にまず、全裸にならないことから始めろよ、オッサン」

とはいえヤレドの薬に関する知識は本物らしい。手術は「瘤取り」しか出来ないが、子供の発熱や咳《せき》、婦人の血の病などは薬草で対応できると言う。

「偽の医者ではあるんですがね、その辺の呪《まじな》い師《し》よりは役に立つと自負しておりますよ」

ヤレドがロンドンではなくこの宿場に留まっていたのは、葬送隊が三人ずつに分かれ、片方が引き返したのを見たからだそうだ。蜜蜂たち一行がピンチに陥《おちい》っていると知り、引き返してきたらしい。

「蜜蜂くん一人で現れるとは意外でしたが、不肖《ふしょう》このヤレド、あなたの旅のお供となりましょう」

胸に手を当てたヤレドに軽く礼をされたが、露出狂と一緒に旅するなんて不穏な響きしかない。

「いや、でも――」

「役に立ちますよ、僕は。行く先々でお金を稼げますから」

彼が自信満々でそう言った理由は、翌朝、分かった。

近隣の村や集落から宿にたくさんの人々が押しかけており、口々に万能薬を売ってくれ、と叫んでいた。すでに、爺さんから瘤を取り去った「魔法」のことが知れ渡っていたのだ。

ヤレドは、万能薬は譲れない、と最初はきっぱり断っていたが、あまりにごねられるので、渋々、万能薬の甕《かめ》から小瓶に移し替えて人々に渡しだした。小さなスプーンで謎の万能薬を量《はか》り売りするのは、「優秀な助手」蜜蜂の仕事だ。

人々は次々に金を払っていった。

金を持たない者は塩漬け豚肉や燻製《くんせい》ニシンを渡してきた。いかにも強欲《ごうよく》そうな金持ちは、金貨と引き換えに十五瓶もの万能薬を買った。ヤレドは彼らに小瓶を渡しながら、万能薬だけじゃなく、あなたは魚をたくさん食べなさい、あなたは大麦を食べて足を温めるように、と助言している。

あっという間に金と食料が集まった。これなら上等な馬が買える。

「どうです、僕、役に立つでしょう」

得意げに言うヤレドに、蜜蜂は薄々思っていたことを言ってみた。

「なあ、この万能薬って――」

「ただの果物シロップです」

やはりか。

あれだけ渋って見せて価値をつり上げたがあげく、人々が集まってくると「しょうがないなあ」と譲る。詐欺《さぎ》の初歩中の初歩だ。

「でも、その辺の桃や葡萄《ぶどう》なんかじゃありませんよ、私の実家に生《は》えていた、遠い異国の果物ですから。サンザシっていうんです」

「へえ」

うさん臭い万能薬がただのシロップだと聞き、蜜蜂は舐めてみることにした。甘みと酸味があるが、嗅いだことのない不思議な香りがする。

「この異国的な香りがね、これを万能薬だと信じさせるんです。欧州じゃ嗅いだことのある人、少ないでしょうから」

ヤレドは乾燥させたサンザシの実を常に持ち歩いているそうだ。

「あんた、ただの露出狂じゃなくて詐欺師の才能もあったんだな」

「本当に薬草の知識があるからこそ、それっぽい口上《こうじょう》が述《の》べられるんですよ。瘤取り手術は完璧ですし」

褒《ほ》めろ、と言いたげなヤレドの顔を、蜜蜂は少々呆れて見つめた。砂鉄《さてつ》や三月、夏草《なつくさ》、ユースタスとそう年齢は変わらなそうなのに、何だろうこの子供っぽさは。露出のしすぎで精神年齢の成長が遅れたのだろうか。

蜜蜂は首から提げた丸い計算尺《けいさんじゃく》をヤレドに見せた。数字がびっしり彫《ほ》ってあり、素人《しろうと》には何が何だか分からないだろう。

「だがまあ、詐欺なら俺も得意中の得意さ。難しい利子計算してみせて煙《けむ》に巻くのも朝飯前だ」

「おや、それは心強い」

「だけどまあ、一番得意なのは——」

計算尺の鎖《くさり》につけていた小さなサイコロを放り投げてみせ、蜜蜂はパッと右手で握り込んだ。

ニヤリと笑ってみせる。

「イカサマ賭博《とばく》だ」

「おやおや、それはまた実に心強い」

再び心強い、と言ったヤレドは、蜜蜂の肩にポンと手を置いた。

「では優秀な助手くん。ロンドンまでの路銀を稼ぐ方法、決まりましたね」

万能薬詐欺とイカサマ賭博。

それで大金を手に入れ、ロンドンまで最速で行く。バルト海を渡る海を荒くれ者の海賊が仕切っているというなら、そいつらから身ぐるみ剝《は》いでやる。

(待ってろ、桜)

どこかの塔らしき場所に幽閉されていた桜は、泣きながらアルちゃんに話しかけ続けた。

「酷い臭いだね、アルちゃん。湿って気温が低い場所ってこんなに黴《かび》が生えるんだ。犬蛇《けんじゃ》の島じゃ黒カビってあんまり見たことがなかったんだよ、乾燥してたからね」

革製のブーツまで黴びてしまいそうで、木綿の下着で擦《こす》って見たが、あまり役には立たなかった。もちろん手入れする獣脂《じゅうし》なども無い。

石壁の欠片《かけら》を拾い、高い位置にある窓から外に放ってもみた。だが地面に着地した音は聞こえてこない。外のざわめきは非常に大きく、酔っ払いの怒鳴り声や娼婦のものらしき嬌声《きょうせい》が朝っぱらから聞こえてくる。そして狂ったように吠える犬、時々窓から見える不気味な烏《からす》。

誰かの髪の毛が貼り付いていたベッドはなるべく綺麗にした。藁《わら》や地面で寝ていたこともある。これぐらい平気だ。

だが寒すぎてなかなか眠りにはつけなかった。

食事を運んできた右半分に、まともな毛布をくれと涙ながらに頼んでもみた。

「これじゃ風邪を引いちゃう、せめて後もう一枚、毛布を」

だが桜の哀願《あいがん》に、右半分は肩をすくめただけだった。この牢獄で温度のあるものといえば、桜自身とぬるくなったスープのみ。溜息をついてパンを囓《かじ》る。

アルちゃんは相変わらずだんまりで、桜の懐《ふところ》で暖《だん》をとって動けるようになると、時々壁の上をチョロチョロと這う。しゃべらなければごく普通の蜥蜴《とかげ》みたいだ。

窓から旋回《せんかい》する鳥を眺めていると、ふいに左半分と右半分、そして桜をさらった張本人イリヤが入ってきた。

エルミタージュで桜を眠らせ、箱詰めにして運んできたそうだが、おかげで後頭部にはまだ大きなたんこぶがある。

三人おそろいで何事かと思ったが、今日は「邪眼《じゃがん》殺しショー」のための蒼眼《そうがん》の生け贄《いにえ》はいなかった。だが、大柄で隻腕《せきわん》の左半分右半分は二人ともロープを持っている。

イリヤがにこやかに言った。

「今日は少し、趣向を変えましょうか」

「……趣向？」

「蒼眼といえど、ここしばらくはか弱い女ばかりでしたからね。あなたにとっては与《くみ》しやすい相手でしょう」

与しやすい、どころではない。

桜は蒼眼の少女に目の前で自害されたのだ。下等な人間になどなりたくないと叫んだ彼女は、「人間」の桜に触れられることさえおぞましいと言わんばかりの表情だった。

「もっと骨のある対戦相手がたくさんいますよ。あなたを参加登録しておきました」

対戦相手？　参加登録？　この男はいったい、何の話をしているのだ？

桜は唇を噛んでイリヤを見据えた。

護衛の後ろに隠れて出てこない卑怯者め、そのニヤニヤ顔で今度は何をしようというのだ。

だが、これからどこかに連れていかれるのは間違いない。

桜がそっとアルちゃんに手を差し出すと、しばらく迷った後、素早く腕に這い上がってくる。

イリヤが面白そうに言った。

「ずいぶんと慣れた蜥蜴ですね。熱帯産ですか」

「……」

「僕がプレゼントしたリボンをつけてあげないのですか。ビロードですよ」

返事はしないと決めていた。

イリヤは半眼《はんがん》の力で催眠術を操れるだけでなく、この話術もおそらくは武器だ。操られないよう、気をしっかりもたなければならない。

左半分と右半分に挟み込まれる形で腕をつかまれた。逃走防止のため、両足首は短くロープでつながれる。これではちょこちょことしか歩けない。

さらには目隠しまでされた。

「弓矢を携帯するのは許可しますが、うっかり射られても困るのでね。用心させてもらいますよ」

引っ立てられるよう部屋を出た。

左半分と右半分につかまれている腕の辺りから、鳥肌が立ってくる。

寒いからではない。彼らの、この、臭い。汗と体臭が入り交じり、安酒の香料らしき鼻をつく異臭もする。海賊船で慣れたと思ったが、目隠しをされていると、二人の饐《す》えたような臭いが辛くてしょうがない。

長い螺旋《らせん》階段を下らされた。足下から立ち上ってくる冷気に錆《さび》臭さを感じる。

(古い血の臭い)

自分がどんな建物に閉じ込められているかさっぱりだが、ここは牢獄だけでなく処刑場も兼ねていたのだろうか。

それともあの蒼眼の少女のように、絶望して自《みずか》ら命を絶った者もいたのだろうか。

壁にびっしり彫られていたたくさんの文字。狂気が狂気に上書きされていく様がはっきり分かる文章ばかりだった。

馬車に乗せられる。左腕はしっかりと右半分に拘束されたままだ。サボルチ伯爵夫人の馬車より遙かに乗り心地が悪く、石か何かに乗り上げると天井に頭をぶつけそうになる。

そう考えた桜を見透かすように、イリヤが言った。

「乗り心地の悪い安馬車で申し訳ありませんね。今から行くところは少々ガラが悪いもので、あまり目立つ馬車で行くと強盗を呼び込んでしまうんですよ」

――ガラの悪いところ。

さっきからイリヤは情報を小出しにして桜の反応をうかがっているようだった。絶対に返事はしない。

桜の幽閉場所もあまり治安の良い界隈《かいわい》ではなかったようだが、いくつもの曲がり角を経《へ》て近づく先はどんどんうるさくなっていった。引っ切りなしに怒号《どごう》、悲鳴、何かが派手に割れる音が聞こえてくる。

やがて馬車が停止した。

すかさず駆け寄ってきた子どもの浮浪者を、左半分がうるさそうに追い払っている。桜の着物にも伸ばされた手は右半分にはねのけられたようだ。

「やれやれ、ここらの孤児たちは本当にたくましい。一瞬で私の懐中時計がすられそうになりましたよ」

何だか分からないぬかるみを踏んでゾッとした。腹を開かれたばかりの動物の臭いもする。桜が連れ込まれたのは騒々《そうぞう》しい建物のようだった。ひどく汗臭く、興奮した男たちが何やらわめき散らしている。

「えっ、今日の幽霊って、まさかこの子？」

ふいに男の声がした。イリヤに話しかけているらしい。

「連絡したでしょう、生きの良いのを参加させますって」

「うーん、まさかこんな女の子とは。いつもの『罪人の女』をなぶり殺しにするんなら、客も盛り上がるとは思うけど」

なぶり殺し、という男の言葉に、さすがに桜も動揺した。

今日の幽霊。罪人の女。客も盛り上がる。

「それこそが口上香具師《やし》の仕事でしょう。適当な罪状をでっち上げて、客席を盛り上げて下さいよ」

そこでようやく、桜の目隠しがとられた。

薄暗い部屋に何人かの男たちがいた。

全員、左半分や右半分と同じぐらい屈強《くっきょう》な体格をしている。隻眼《せきがん》、隻腕《せきわん》、そして片足を失っている者も目立つ。それぞれが武器を携《たずさ》えている。

なぶり殺し発言をしたのは、彼らと違って鈍重《どんじゅう》そうに肥えた中年男だった。桜をジロジロと見回している。

「得物《えもの》は弓？　うちのリングじゃあんまり役に立たないと思うけど、まあアンタが大剣振り回せるとは思えないしね」

「……あの……」

桜はようやく声が出た。

衝撃で虚勢を張ることも出来ない。唇を震わせないようにするのが精一杯だ。

「私は、ここで何を……」

「え、イリヤさん何も知らせずに連れてきたの？　そりゃご愁傷様《しゅうしょうさま》」

桜はそっとイリヤに視線を移した。相変わらず得体の知れない笑みを浮かべている。

「ここは通称『幽霊闘技場』と言って、殺し合いのショーを見せる遊び場ですよ。職人、煙突掃除夫、どぶさらい、安物のジンで頭がいかれた爺さんから、客の間を走り回ってスリを働く孤児にまで大人気です。お忍びでくるお偉いさんも結構いますよ」

殺し合い？

今から、私がこの男たちと？

さすがに膝が震えてきた。

仲間たちと引き離され、あんな場所に閉じ込められてもまだ桜が耐えていられたのは、「イリヤは桜を殺さない」と信じていたからだ。

何人もの蒼眼の女を連れてきてまで邪眼殺しの威力をたしかめたのは、どこかで桜を武器として使用したいからだろう。少なくともそれまで命を取られることはない、きっと砂鉄とユースタス、三月と夏草が助けに来てくれる。自分で自分をそう励《はげ》まし続けた。

だが、これは。

桜は男の一人が持つ巨大な斧《おの》を見た。あんなもの、かすりでもしたら吹っ飛ばされてしまう。イリヤは桜をわざわざロンドンまで連れてきて、「ショー」でなぶり殺しにさせたかったのだろうか。

口上香具師、と呼ばれた中年男が桜にいきなり手を伸ばしてきた。髪を触られそうになり、とっさに身を引く。

「触らないで！」

「嬢ちゃん、もっと色っぽい髪型と服にした方がいいよ。女の幽霊がここで生き残る唯一の方法は、観客に媚《こ》びを売ってお買い上げしてもらうことだ。殺すのはもったいない、と思わせりゃあ、どっかのお大尽《だいじん》の目に留まるかもしれんよ」

桜はゾッとして自分の肩を抱いた。

今まで何度も思ったこと。自分はこの旅で本当に本当に、守護者たちに守られてきたのだ。ショーの出演者とおぼしき屈強な男たちをおそるおそる見回した。彼らが幽霊。もともと生きていないから、命を賭けて戦う。

「では、僕は客席で見物します。健闘を祈っていますよ、桜さん」

ヒラヒラと手を振ったイリヤは左半分右半分と共に控え室を出ていった。

口上香具師という男が何の仕事をするのか不明だが、彼もコインの詰まったブリキ缶をジャラジャラ鳴らしながら、じゃあ出番までここで、とだけ言い置いて出て行った。幸いそれ以上、桜を「色っぽく」見せることに興味が無いようだった。

残された幽霊たちは無言で桜を見ていた。

特に目立つのは、ひときわ大柄な男だ。

三十代か四十代だろうか、顔一面に奇妙な入れ墨《ずみ》をしており、総白髪《そうしらが》だ。微動だにせず瞬き《まばた》もせず、ただ桜を凝視《ぎょうし》している。幽霊という言葉から連想される陰気さとはほど遠いが、なぜか不気味な目をしていた。

自分の膝がガクガクするのを感じた。

彼らと戦うか。

――それとも観客に媚びて生き残るか。

媚びて生き延びたとしたら、私はその「お大尽」に何をされるのだろう。島の暮らしで女たちから受けた教育、そして旅が始まってから散々にアルちゃんと蜜蜂から注意されたこと。大体の想像はつく。

それは辛《つら》いことなんだろうか。愛する男とする行為だと聞いているが、世の中そう甘くないのも教わっていた。だからこそ娼婦は世界で一番古い職業と言われるのだと。

だが、どれだけ辛かろうが苦しかろうが、自分には父の錆丸《さびまる》、そして伯父の伊織《いおり》を捜すという旅の目的がある。

戦ってあっさり死ねば楽になれるのかもしれないが、母の金星《きんせい》が命と引き換えに残してくれたこの命を、砂鉄が、三月が、ユースタスが、さらにはアルちゃんと蜜蜂まで守ってくれたのに、ここで一人で死ぬなんて。

桜は幽霊の控え室を見回し、一人だけ口元がにやついている男に目を留めた。漆黒の肌で、色とりどりに染めた髪を結い上げ、首には大きな蛇《へび》を巻いている。

「……対戦相手というのは、選べるんですか？」

「ん？　俺に聞いた？　いや選べるわけないっしょ、俺たち幽霊は見世物なんだから。ショーが一番盛り上がる組み合わせを興行主が考えんのさ。あの口上香具師ってオッサンはそれを煽《あお》り立てる司会進行役みたいなもんかな、まーあることないことでっち上げることでっち上げること、俺なんて故郷に六人の妻と十八人の子どもがいるとか適当こかれたよ」

少し質問しただけで十倍の返事が返ってきた。——だが、情報は得られる。

「本当に死ぬまで戦わされるんですか」

「まあ観客に媚びて生き延びた例が無いわけじゃないけど、ほぼ女ね。まれに美男子が有閑《ゆうかん》マダムに『お買い上げ』されることもあるけどね。そういうのは見た目もだけど○○が大事。良いものお持ちだったフランドル出身の奴、元気にツバメやってっかなー」

その○○がどういう意味か桜には分からなかったが、卑猥《ひわい》な意味であろうことは想像がついた。蛇男の口元がさらにニヤニヤしだしたからだ。だが他の幽霊が一言も話さない今、彼に質問を続けるしかない。

「ただ、幽霊にポンポン死なれちゃ高い金払った幽霊所有者《オーナー》たちが怒っちまうからさ、組み合わせには興行主も頭絞《しぼ》るよ。要するに客は殺戮《さつりく》が見たいだけだからね。やだやだ人間って残酷、うちのマダラちゃんの方がよっぽど優しくて大人しいよ」

マダラちゃん、はこの蛇男のペットらしい。編み目模様をゆっくりと指で撫でている。

だがこの男は今、とても重要なことを言った。

要するに桜が弱い相手と対戦させられることは無い。おそらく客が「生き残って欲しい幽霊」の当て馬にされるだろう。

背負った矢筒《やづつ》に手をやった。

この弓で万が一にも勝てる相手ならいいが。桜がどれだけ非力でも、急所に矢が当たればあるいは。

ハッと気がついた。

桜は今、自分が生き残りたいから「人を殺す」ことを考えた。こんな時代じゃ当たり前のことなんだろう。犬蛇の島でも女たちがわずかな食料を争って殺し合いに発展するのを見た。

だが、自分にその覚悟が――。

蛇男はヘラヘラ笑いながら桜に近づいてくると、着物の胸元を指さした。

「それ、アンタのペット？」

彼が指さしたのは、着物の襟《えり》から顔を出すアルちゃんだった。巨大な蛇を見て驚いたのか、硬直したまま動かない。

「そうです」

「綺麗な色だねー、俺も爬虫類《はちゅうるい》飼いだからちょっとアンタに親近感湧くわ。だからいいもんあげようね」

「いいもの？」

彼は複雑に結い上げた髪の中から丸い箱を取り出した。ポケット代わりになっているようだ。

中には赤い丸薬《がんやく》がいくつも入っていた。

「これね、泥雲雀《どろひばり》ってお薬」

「泥雲雀？」

「何でこんな名前かって言うとね、テムズ河でさ、潮が引いた時に泥さらいする拾い屋のこと泥雲雀って呼ぶのよ。寒いし臭いし病気拾うのもしょっちゅうだし、瓶の蓋《ふた》とか千切《ちぎ》れた靴紐とか集めてると、ふいに死にたくなるんだって。そういう奴らが発作的に飲むのがこの薬」

それは、つまり。

「そう、毒薬」

桜は黙って蛇男を見上げた。

客に媚びることも出来ない、だが戦って勝つ可能性はゼロに近い。だったらお大尽に嬲《なぶ》り者にされる前に自殺した方がまし、と勧めているのだ。

「だってね、アンタの対戦相手たぶん、あのお方よ。最強のラクラン様」

蛇男が振り返ったのは、あのひときわ大柄な総白髪の男だった。この控え室で最も背が高く、胴の太さは桜の五倍はありそうだ。

「北方で何十人も殺して、とうとうロンドンまで流れてきて、今や大人気の幽霊よ、この闘技場の稼ぎ頭《がしら》。どんな相手も瞬殺しちゃうからね、『瞬きの悪魔』とか『白髪の亡霊』とか呼ばれてる。悪魔だか幽霊だかはっきりさせて欲しいよね、あだ名つけるにしても。あ、ちなみに俺は蛇使いのオティエノ。戦いにマダラちゃん使うわけじゃなくてただの演出なんだけどね、インパクトは強いみたいだから客受けはいいのよ」

蛇使いの長《なが》台詞《ゼリフ》を、最後の方はほとんど聞いていなかった。

最強の男。白髪の亡霊。

もしかして砂鉄や三月、夏草ぐらい強いのだろうか。だったら自分には万に一つの可能性も無い。

桜は黙って泥雲雀の丸薬を受け取った。

「お、自殺決めたの？　判断早いね」

「念のためです。すぐ使うつもりはありません」

「そうね、助平《すけべ》ジジィに水揚《みずあ》げされて花散らされるのが怖かったら、さっさとこんなイカれた世界に見切りつけるのもありよ。死ぬ直前には、あー闘技場で親切な蛇男に会ったな、って俺のこと思い出してくれればいいから」

返事をしないでいると、オティエノはもう桜に興味を失ったようだった。壁に立てかけられた剣の房飾りで、マダラちゃんの頭をくすぐっている。

突然、頭上で凄《すさ》まじい歓声があがった。ドン、ドンと控え室全体が激しくゆれ、天井からパラパラと埃《ほこり》が落ちてくる。

「おー、盛り上がってんね。こりゃ誰か派手に殺《や》られたな」

桜は無言で座り込んだまま、泥雲雀の丸薬をじっと見つめていた。

これが本当に毒だとしても、オティエノは素手で触っていた。皮膚による接触は問題が無いのだろう。

それでも万が一、切り傷などから体内に摂取《せっしゅ》してしまったら危ない。桜は着物の裾《すそ》で丸薬を掴み、矢尻でほんの少しだけ削ってみた。案の定、何らかのコーディングがされている。

（おそらく、粘液質の植物の分泌物《ぶんぴつぶつ》で覆《おお》って乾燥させたもの）

こうした知識はほぼマリア婆ちゃんから得た。

桜が幼かった頃は島に来る女たちも高度に精製された薬を持ち込んでいたのだが、やがてそれもなくなり、自分で薬を作るようになったのだ。

アルちゃんの入っている懐を両手でギュッと押さえた。

——勇気を。

私に死なない勇気を頂戴《ちょうだい》。

壁を見つめて考え込んでいると、ふいに呼ばれた。

「娘、出番だ」

酒の臭いをプンプンさせた案内係が桜を呼びに来た。じろりと桜を見下ろし、顎《あご》をくいっとあげる。

「さっさと殺されてこい。天下のラクラン様とこんな小娘じゃ、賭けにもなりゃしねえんだよ。配当金が少ねえったらねえ」

無言で立ち上がった桜は、ラクランの隣を通りすがり、小声で囁いた。

「ソルチャ、アイルサ」

ほんのわずか、ラクランの前髪が揺れた。

だが彼の無表情は揺るがない。ただ黙って自分の剣を見ている。

桜はそのまま控え室を出た。弓をしっかりと握りしめ、案内係についていく。

引き出された闘技場の中は、凄まじい熱気に満ちていた。ジンの瓶を振り回しながら歓声をあげていた客たちが、桜の姿を見て呆気《あっけ》にとられたかのように静まり返る。

「なんだ、この小娘は！」

「ガキじゃねえか、白髪の亡霊ラクランの相手がこれか⁉」

面白い殺し合いが見られなさそうだと、客たちが口々にわめく。卑猥な野次もどんどん飛んでくるが、世界語《シージエユー》でない言語も多く、桜には大半の意味が分からなかった。

口上香具師が酒樽の蓋をガンガンと獣の骨で叩きながら、声を張り上げた。

「がっかりしちゃあいけないよ、ラクラン様の今日の相手はとーっても罪深い女だからね。こーんな可愛い顔して騙《だま》した男は数知れず、何人が自殺したか分からんってぐらいの悪女だ！」

「えっ、何それ――」

桜は思わず反論しそうになったが、客の騒ぎが酷すぎてこちらの声など届くはずもなかった。耳が痛くなりそうな騒ぎだ。

「子どもっぽいふりで男をたらし込むのが常套《じょうとう》手段、さあみんな、この娘が切り刻まれるのが見たいよな⁉　ジャガイモ売りも杭打ち夫《くいうちふ》も、男なら悪女が懲《こ》らしめられるところが見たいよな！」

見てえ、との大歓声があがった。

あまりの悪意に、桜の腹の底がスーッと冷えていく。

オティエノは言っていた。口上香具師は幽霊に適当な「背景」をでっち上げて客を煽るのが仕事だと。

客はほとんどが男。桜は底辺層の男たちが鬱憤《うっぷん》を晴らすための、ほどよい生け贄なのだ。

——だが、絶望は愚《おろ》か者の結論だ。

この旅が始まってから何度も自分に言い聞かせてきたこと。

もしかしてこれは、錆丸が教えてくれたことではないか？　顔も知らない父なのに、なぜか桜にはそう思えた。

それに今、自分には強力な味方がいる。

何の戦闘力も無いけれど、その頭脳で何度も助けてくれた大事な友人。

「アルちゃん」

名を呼ぶと、アルちゃんは冷静な声で答えた。

「正念場《しょうねんば》ですね、桜さん」

アルちゃんが桜の頭に登り、髪飾りのいつもの定位置についた。

「蒼眼六人に襲撃された時も、イリヤに誘拐された時も怖かった。毒薬が本当に必要になるんじゃないかってチラッと思ったりもして」

「でも今、あなたの髪も声も震えていない。精神状態を見事に立て直しましたね」

アルちゃんが飛行船で姿を見せず、桜が閉じ込められていた部屋でもずっと黙っていたのは、イリヤの監視を警戒してのことだったそうだ。

狡猾《こうかつ》で抜け目の無い男が、やけに桜を一人で放置するのでおかしいと悟《さと》ったらしい。あの牢屋のような部屋にも鏡を使った監視装置があったそうだ。

アルちゃんはそのことを、声を発することなく桜に教えてくれた。

壁に刻まれた文字の上を少しずつ移動し、文章を作って伝えたのだ。

彼が再びあの世に連れ戻されなかったことを知り、桜は喜びで泣いてしまった。だが、その姿を監視装置越しに見られるわけにはいかない。だから桜は、閉じ込められてメソメソしている無力な少女を演じ続けた。左半分や右半分に話しかける時も、なるべく哀れっぽい声を出した。

「イリヤも客席で桜さんを観ているはずですが、さすがにこの怒号の中では、蜥蜴一匹しゃべったところで気づかれることはないでしょう」

「でも絶体絶命には変わりないね。ラクランは蒼眼じゃないし、無力化も出来ない」

ひときわ歓声が高くなった。

真打ちラクランの登場に、闘技場の熱狂は最高潮となる。口上香具師がこれでもかこれでもかと煽り立て、客たちは口々に桜を罵《ののし》る。

酒瓶が投げ込まれた。べちゃっ、と足下に飛んできたのは汚泥《おでい》だ。明らかに桜を狙っている。

「おいおいみんな興奮しすぎだ。この娘に物なんか投げつけなくても、ラクランは目をつぶってても勝てるさ。これまでに何人も女子どもを殺してきたって評判だろ！」

ラクランは大ぶりな剣をひっさげ、静かに歩いてきた。桜から距離を保って対峙《たいじ》する。無表情は揺るがない。

桜も無言で弓を構えた。

勝てる気が全くしない。イリヤと短距離で向かい合った時と同じ無力さを感じる。

だが、これはショーだ。

観客は桜が瞬殺されることより、じっくりなぶり殺しにされるのが観たいはずだ。

桜はラクランから目を外し、ゆっくりと闘技場を見回した。黒く汚れた顔の男たち。離れたところから少女を殺せと叫ぶしか出来ない。——負けるものか。

ふと、数段高い位置にある仕切られた席に気がついた。

座っている男は明らかに高級な服を着ており、周囲の客層とはまるで違う。目に筒《つつ》のようなものを当ててこちらを鑑賞しているようだ。

ふいに気がついた。

片目しか見えないが、あれは蒼眼だ。

人間の殺し合い鑑賞が趣味の蒼眼もいるのか。人間の作り出す芸術品が好きで集める蒼眼もいるそうなのに。

そしてその隣の仕切り席に、獣御前《けものごぜん》が二人ちょこんと座っているのにも気がついた。熊御前と狐《きつね》御前だ。

（あれ……あの二人、エルミタージュで私にお守りをくれた人たち？）

いや、サンクト・ペテルブルクからロンドンまでは相当距離がある。まさかこんなところで再会するはずもない。熊御前と狐御前はしょっちゅう見かけたし、中身は別人だろう。

それに今はそんなことを気にしている場合ではない。

「懐かしいですね、錆丸くんも今のあなたと似たような状況に陥ったことがありますよ。あの時は傭兵《ようへい》の祭りに引っ張り出され、やはり『最強の男』と戦ったのです」

「パパは勝てたの？」

「勝ちました。だが錆丸くんは今の砂鉄さんや三月さんと同じく特殊な体でしたからね。さらには、相手を掠《かす》りでもすれば勝ち、という条件をとりつけたが上での勝利です」

つまり、今の桜の方がピンチの度合いは高い。

とはいえ。

「でもあなたには最強の味方がいますよ」

「――アルちゃん」

「そうです。舌先三寸、はったりだけで白髪の亡霊を倒しましょう」

ラクランから距離を詰められた桜は、脱兎《だっと》のごとく逃げ回った。

剣の間合いに入らないよう、走り、矢で威嚇《いかく》し、客席との囲いに飛び乗ってひたすら移動する。

「おやおやなかなか逃げ足が速いお嬢さんだね！　だがラクランの真骨頂《しんこっちょう》はここから、足さばきも見せぬ素晴らしい速度で一足飛びに間を詰めてくるぞ、逃げ回るばっかじゃ矢も尽きちゃうだろ」

口上香具師の煽りに乗せられ、客たちは桜にゴミを投げつけ始めた。

だがなぜか、背後に目があるかのようにそれらが見えた。迫《せま》り来るラクランは怖いが、酒瓶も汚泥も卵も簡単に避けられる。酒瓶を拾って投げ返す余裕まで出てきた。

自分は今、もの凄く集中している。夏草に弓の訓練をしてもらった時より、はるかに周囲が見えている。

だが逃げ回るばかりじゃ勝てない。

桜は客席に飛び込んだ。場外、場外という怒号は無視し、興奮した客たちを踏みつけながら一気に口上香具師の席へと駆け上がる。

「うわっ、何だっ」

と身を引く彼の手から獣の骨を奪った。

酒樽をガン、と激しく一つ打ち鳴らし、精一杯声を張り上げる。

「私は魔法が使える！」

一瞬、闘技場が静まり返った。

続いて客たちの大爆笑。手を打ち、足を踏み鳴らしながら哄笑《こうしょう》する。

笑っていないのはラクランだけだ。じっと桜を見上げている。

指さして笑う観客たちを、桜はゆっくりと見回した。再び酒樽の蓋をガン、と叩き、静かにしろ、と合図する。彼らが少しだけ鎮《しず》まった。

「私が何人もの男を騙せたのは、魔法が使えるからだ！　今ここで使ってみせようか！」

「嘘つけ、魔女ってのはババァなんだ！　お前みたいなガキの魔女がいるもんか！」

飛んできた野次は無視し、桜は口上香具師に言った。

「あなた煽るのが仕事なんでしょう。最強の男と魔女の対決、盛り上げてくれる？」

「はぁ？　本気で言ってるのかいお嬢ちゃん」

「私が呪文《じゅもん》を唱《とな》える間だけ、客を大人しくさせて。ラクランが本当に最強の男なら、小娘の呪文なんか跳ね返すでしょ」

「まあいいけど、思ってたショーの盛り上がりと違う方向に行っちゃったな」

と言いつつも、口上香具師は静かにするよう客に呼びかける。彼らはほとんどが桜を馬鹿にしているようだったが、中には半信半疑で本当に魔女かと期待している顔もある。

蒼眼の客が少し面白そうに身を乗り出した。獣御前の二人も仕切り席の端ギリギリまでがぶり寄っている。

闘技場の入り口付近には他の幽霊たち。オティエノは相変わらずニヤニヤしている。

桜は酒樽を左脚で踏みつけた。

ラクランに狙いを定め、ギリギリと弦《つる》を引き絞る。

――だが、矢はつがえていない。

口上香具師が呆れ声で言った。

「おいおい、矢はどうした矢は。お嬢ちゃんの唯一の武器だろうが。まあラクランに当たりっこないけど」

「魔女の矢はあなたたちには見えない。私が呪文を唱え終わるまで黙ってて」

さっきラクランに呟いた言葉を、桜はもう一度大声で叫んだ。

「ソルチャ、アイルサ！」

ラクランは無言だ。

だが呪文に反応した。それまで無造作に下げていた剣を上げ、ゆっくりと桜へと切っ先を向ける。

それから桜は、アルちゃんが耳元で囁き続ける「呪文」を大声で繰り返した。彼と打ち合わせする時間も無かったので、自分が何を言っているのかは分からない。

だがソルチャ、アイルサ、という言葉の意味だけは教えてもらった。

——ラクランの顔の入れ墨は古い古い言葉です。『最愛の妻ソルチャ、そして我が宝物、亡き娘のアイルサ。

ラクランは娘を亡くしているようだ。年齢的に桜と同い年ぐらいだったかもしれない。そして妻と娘の名を顔に彫りつけておきながら、故郷を捨ててロンドンまで流れてきた。どんな事情があるかは分からないが、入れ墨をした後、妻も失ったのかもしれない。

桜はさらに弦を引き絞った。

ラクランに向かって見えない矢を定める。

「これは魔女の呪い、雲雀の矢。亡霊を貫《つらぬ》け！」

弦が甲高《かんだか》い音を立てる瞬間、闘技場は静まり返った。

とたんにラクランの体が揺れる。

彼は胸を手で押さえ、一歩、後ろによろめいた。

「まさか」

口上香具師が呆然と呟いた。ガタリと立ち上がり、食い入るようにラクランを見つめている。

客たちも呆気《あっけ》にとられていた。

見えない魔女の矢が、最強の幽霊を射貫《いぬ》いた。——本当に？

ラクランにオティエノが駆け寄った。さすがに顔色を変えており、ラクランの防具を脱がせようとしている。

だが呆然と彼を見下ろしていたオティエノは、口上香具師に向かってゆっくり首を振ってみせた。口の形が、死んでる、と言っている。

「……嘘、嘘だろ、あのラクランが」

口上香具師が呟くと同時に、闘技場の金縛りも解けた。どよめきがやがて、はっきりした怒号になっていく。

「最強の幽霊が！」

「俺たちの瞬きの悪魔が！」

オティエノは他の幽霊たちと共にラクランの死体を取り囲んでいた。蘇生《そせい》を試《こころ》みているようだ。

闘技場のあまりの騒ぎに、桜は両耳に指を突っ込んだ。殺し合いをさせておきながら、片方が死ぬと一方的に怒るとはどういうことだ。まさに天地をひっくり返したような騒ぎになっている。

アルちゃんが桜の耳元で大声を出した。

「上手くいきましたね」

「私あの時、知らない言葉でラクランに何を言ってたの？」

「『顔に最愛の妻と娘の名を刻むような男が、少女をなぶり殺しにしたいとは思えない』『あなたはこの少女を殺したくないだろう』『私の代わりに雲雀の毒で死んでくれ』、そのようなことですね。僕は七百年前、滅ぼされた古い言語を研究していたので、彼の顔の紋様《もんよう》も読み解けました」

さらにアルちゃんは、口上香具師や客たちがラクランを称《たた》える言葉の微妙さにも気づいた。「女子どもも容赦《ようしゃ》なく殺したと評判だ」「今まで何人も殺してきたらしい」。実際にラクランが殺戮していた場面を見た者がいないのだ。

「雲雀の矢で通じてよかったね」

オティエノが桜にくれた泥雲雀の毒薬。

桜は危険を承知の上、矢尻で丸薬を削り、ほんの微量だけ舌に乗せてみた。覚えのある痺《しび》れが舌を刺した。

「犬蛇の島で、毒々しいタコとかヒトデとかに毒があるものがいた。食べ過ぎると死んじゃうけど、ほんの微量なら薬にもなるって、マリア婆ちゃんが」

「おそらくはアルカロイド系の毒ですね。少量なら麻酔薬にもなります。今のラクランさんは仮死状態でしょう」

桜が控え室で出番を待つ間、オティエノがそっとラクランの手にも泥雲雀を渡していたのを見た。

おそらくオティエノは最初から、ラクランが桜を殺したくないと葛藤《かっとう》しているの気づいていた。だから弱い毒を与えた。

「でも多分逃げた方がいいです、この騒ぎでは、あなたがリンチされかねません」

「どこに？」

「幽霊たちの控え室に。そこでラクランさんの蘇生も続けるでしょうし、オティエノさん以下、屈強な戦士たちもいます」

「私を守ってくれると思う？」

「オティエノさんはおそらく。それに他の幽霊たちも、『幽霊同士の戦いで勝った少女によってたかって報復する』なんて真似はしないでしょう。弱い犬ほどよく吠えるものですが、彼らは控え室でも落ち着いていた。ちゃんと戦いのルールを守って生き残ってきたメンバーだと思います」

仮死状態のラクランを控え室に運んでいったオティエノたちを、桜が追おうとした時だ。

突然、桜の腕がグイッと引かれた。

泥酔した男が桜の髪を摑もうとしている。

とっさに逃げたが、逆方向に別の酔客がいた。泣いているようだ。

「俺たちのラクランが、こんな魔女なんかに……」

「火あぶりにしちまえ！」

これはまずい。いくらすばしこい桜でも、囲まれてしまっては逃げ場が無い。

その時、興奮した男たちがいきなり硬直した。

なぜか空中を凝視しており、騒ぎがピタリと収まる。桜の周囲だけではなく、客席全体が静まり返っていく。

彼らが見上げる方角を、桜も思わず振り返った。

——蒼眼。

人間同士の殺し合いを興味深そうに高みの見物をしていた、身なりの良い蒼眼の男だ。彼の能力で、客席は強制的に沈静化された。

蒼眼は楽しそうに言った。

「全く愚かな生き物だな、人間とは。ニシンの方がまだ知性も理性もあるぞ」

尊大《そんだい》な口調だが機嫌は良さそうだ。蒼眼の男は、口上香具師に向かって命令した。

「この魔女の娘の持ち主は誰だ。連れてこい」

「あっ、ひえっ、はい、そこで見物なさっている、長髪の紳士の方で……」

口上香具師が指さしたイリヤに、蒼眼はすでに決定事項であるかのように言った。

「この娘、俺が買い上げる。いいな」

イリヤは少し困った顔で微笑んで見せ、物腰柔らかに答えた。

「しかし私もこの魔女を捕獲《ほかく》するのになかなか苦労しまして……かなり投資もしたんですよ」

「金なら糸目をつけけん、譲れ。最近、気に入りの女奴隷が死んでつまらんかったんだ」

静まり返った闘技場に、蒼眼とイリヤの声だけが響く。

呆然と彼らの会話を聞いていた桜は、イリヤの表情を見て確信した。

「アルちゃん。イリヤは最初っから私を――」

「僕も今同じことを考えていました。彼が桜さんを物騒《ぶっそう》な闘技場に放り込んだのは、むざむざ殺させるためではありません。イリヤは、ラクランさんが桜さんを殺せないのを予想していたと思われます。その上であの戦いを蒼眼に見せ、興味を持たせたのでしょう」

つまり、イリヤの狙いは「愛玩物《あいがんぶつ》」として桜をあの蒼眼に売り渡すことだった。

今度はか弱い蒼眼の女での練習ではない。あの蒼眼こそが、おそらくはイリヤの本当の標的だ。


夏草《なつくさ》は丸一日、冷たい川の中に身を潜《ひそ》めていた。

追っ手の蒼眼《そうがん》はまけたようだが、さすがに徹夜で水の中に三十時間はこたえる。呼吸はストロー状になった植物の茎《くき》を使い、低体温症にならないよう、なるべく水のよどんだ場所を移動した。少しは水温が高い。

左手の火傷《やけど》がじくじくと痛んだ。神経が駄目になった箇所《かしょ》ではなく、その周囲の皮膚が、絶え間なくうずく。

(この左手でも使える武器を探さなければ……握力も衰《おとろ》えてるし、難しいな)

すでに砂鉄《さてつ》や三月《さんがつ》とは七百年分の経験値の差がついている。あげく片腕しか使えないとなれば、自分はただの足手まといだ。

もう蒼眼は来ないと、ある程度の確信が持ててから、日没と同時に夏草は動き出した。

砂鉄とユースタスは無事に逃げられただろうか。

三月はロンドン行きの任務を、上手く蜜蜂《みつばち》に納得させられただろうか。

蜜蜂は一人だけで、旅を出来るだろうか。

考えても仕方がない。だが今現在、自分以外全滅していて、ロンドンにいるはずの桜《さくら》が拷問《ごうもん》などを受けている可能性も高いのだ。

かすかな夕陽を鈍《にぶ》く反射する空に向かって、両手の指を二本ずつ組み合わせた。雲の切れ目からわずかに見えた一番星で、小高い山との距離を測《はか》る。

(約7・5㎞……移動の前に腹ごしらえだな)

身を潜めていると、赤狐《あかぎつね》が用心しながらやってきた。雪と泥《どろ》に覆《おお》われた地面を嗅《か》ぎ回っている。

赤狐がふいに顔を上げたかと思うと、白樺《しらかば》の幹を昇っていたリスに襲いかかった。あっという間に仕留めてしまう。

夏草はそっと赤狐に近づくと、悪いな、と呟きながら赤狐を捕らえた。獲物のリスを横取りする。

赤狐は夏草の手の中で必死に暴れていたが、解放すると全速力で逃げていった。安全で、時間がある場合ならあの狐を調理して食べてもいいのだが、今はリスで十分だ。

川が大きく曲がる箇所の岸辺に、たくさんのゴミが吹き溜まっていた。昨日の悪天候で村や森からあれこれ吹っ飛ばされてきたようだが、ちょうどいい隠れ場所になる。

火と煙を見られないよう用心しながらリスを煮た。旨《うま》いものではないが、脂はそこそこ乗っている。

服が十分に乾いてから、夏草は移動を開始した。

この旅において万が一バラバラになった時のため、砂鉄、三月と共に決めた落合場所。それは、襲撃場所から四時、もしくは八時の方角で目立つ地形となっている場所、だ。

あまりに目立つ地形だと敵も探しに来るだろう。だが四時か八時の直線上の地点と限定すれば、そこにあるのは大きな樹、小高い山などありふれた地形だ。

7・5㎞先の小山を目指し、夏草は身を低くして歩いた。街道は避け、夜行性の動物の声がすればすぐに立ち止まる。寝ている鳥の群れを起こして一斉に飛び立たれたりするのが一番まずい。

リスを消化しきる頃、夏草は小山の麓《ふもと》にたどり着いた。村からも街道からも遠い、人気《ひとけ》の無い場所だ。暗くてよく分からないが、山頂には石の祠《ほこら》のようなものも見える。

その山頂に続く唯一の道を昇ろうとした夏草は、岩陰に人影を見つけた。

隠そうともしないその気配。

「三月」

さすがにホッとした。――生きていた。

「無事だったか」

「俺は蒼眼には追われてなかったから。夏草ちゃんや砂鉄とユースタスの方がよっぽど大変だったでしょ」

三月は用心しながら姿を現すと、ちょいちょい、と夏草を手招きした。干し肉を手渡される。

「農家の納屋《なや》から失敬《しっけい》してきた。鹿みたいだね」

湯を沸かして鹿肉を齧《かじ》った。ゆっくり座って何かを腹に入れるのは、いつ以来だろう。エルミタージュでまともに食事を取ったのが、遠い昔に思える。

「砂鉄とユースタスは」

「分かんない。ここに一番乗りは俺だったけど、二人の気配は全く無し」

「そうか」

たとえ砂鉄といえど、蒼眼二人に追われるのは相当に苦しいはずだ。しかもユースタスを守りながら。

だが夏草には確信があった。

砂鉄は七百年も待ち続けた恋人を、必ず守り抜く。そういう男だ。

交代で仮眠を取りつつ砂鉄とユースタスを待ったが、真夜中過ぎまで彼らは現れなかった。

「どちらか一人引き返して、あいつらが飛び込んだ森まで偵察に行くか」

「危険だけど、それがいいかも。夜が明ける前に――」

そう三月と話していた時だった。

ふいに、砂鉄が音も無く姿を現した。

「砂鉄！」

ユースタスは、と焦《あせ》った夏草は、彼女が砂鉄に負ぶわれているのに気づいた。三月と同時に砂鉄に駆け寄る。

「ユースタスは怪我してるのか」

「いや、眠ってるだけだ」

砂鉄のその言葉で、夏草はようやく安心した。

――やはりだ。やはり彼は、最愛の恋人を守り切った。

「だが、目覚めねえ」

「え？」

「何？」

砂鉄はいったん背中からユースタスを下ろすと、両腕で抱き直した。彼女の顔を、小さな焚《た》き火の方向へ向ける。

「蒼眼を上手くまけたはいいが、森の中でビバークしてからずっとコイツは眠ってる。最初は疲れてるだけかと思ったが……」

三月が眉をひそめた。

「眠ってるって、どれぐらい？」

「約三十六時間だな」

それはおかしい。健康な人間がそこまで眠り続けることは出来ない。

「お前ら二人にもコイツの様子を見せたかった。この症状に何か心当たりがあるか」

ユースタスの顔色を見せようと、砂鉄が彼女の前髪を指ではらったその時だった。

彼女の目がうっすらと開いた。

ぼんやりしていた瞳の焦点《しょうてん》が徐々に合っていき、覚醒していく。

「ユースタス」

砂鉄が安堵の声で名を呼ぶと、彼女はゆっくりと顔を上げ、自分を見下ろす男を見た。

――その瞬間、ユースタスの瞳が驚愕《きょうがく》に見開かれた。

砂鉄の腕の中で慌てて身を起こした彼女は、大きく身じろぎした。下ろせ、という無言の主張だ。

砂鉄がユースタスを慎重に地面に下ろすと、彼女は砂鉄から一歩遠ざかった。

その表情は、怯《おび》えだろうか。多少は打ち解けたとはいえ、彼女はもともと男性に対する警戒心が非常に強い。自分が砂鉄に抱きかかえられていたことに気づき、動揺しているらしい。

ユースタスはようやく、すぐ側《そば》に夏草と三月がいることに気づいたようだ。少しだけホッとしたように笑った。

「三月さん、夏草さん」

「ユースタス、体調は？　頭痛いとか、めまいするとかない？」

三月に尋ねられると、ユースタスは自分の額《ひたい》に手を当て、ゆっくりと首を振った。

「体調は大丈夫です。寝起きでぼんやりしてますが」

彼女はちらりと砂鉄を見ると、三月と夏草の方へと近づいた。不審そうに言う。

「この隻眼《せきがん》の男は誰ですか？」


一瞬、その場が凍った。

夏草は呼吸を忘れた。三月は目を見開いたまま硬直している。

砂鉄は無表情のままだった。微動だにしない。

ようやく三月が言った。

「え、ユースタス、冗談だよね……？　グラナダからここまで一緒に旅してきた砂鉄だよ」

だが彼女は戸惑った顔で砂鉄を見るばかりだった。

「いや——私はこの男に見覚えは無い。一緒に旅していたのは、桜と三月さん、夏草さん、そして蜜蜂だ」

ユースタスにそう言われても、砂鉄は表情を変えなかった。

地獄のような戦場でも、絶体絶命のピンチでも、彼は一度だって心が折れたりしなかった。

だが夏草は今、砂鉄の身のうちに積もり始めている感情に気づいてしまった。

絶望。

七百年以上生きてきて初めて、砂鉄は絶望に飲み込まれそうになっている。

ユースタスは再び、砂鉄のことを忘れてしまったのだ。


幽霊の闘技場で、桜を買い上げると宣言した蒼眼は、比較的若いようだった。十代には見えないが、二十歳そこそこだろうか。

名はエドというらしい。イリヤがそう呼んでいた。

身分は高そうで、紋章《もんしょう》のようなものが服に縫《ぬ》い付けられている。そして錨《いかり》をかたどった銀の指輪や腰帯の飾り。裾《すそ》の紋様は波をあらわしているものだろうか。

最も目を引くのが、彼の目を覆っている布製の黒いマスクだった。

薄い生地で、あちらからはこちらが見えるのだろうが、こちらは彼の蒼眼がよく見えない。

蒼眼の力を無作為に振るわないためのようだ。

「人間の下卑《げび》た見世物を見たがる蒼眼もいるのですね。少々、変わり者の蒼眼のようです」

そっと囁いたアルちゃんの頭を、桜は指で軽く撫でることで返事した。

そのエド本人から、桜は今、じろじろと全身を眺め回されている状態なのだ。

ここは闘技場の興行主の居室らしい。

汚泥《おでい》を塗りたくったかのような色と臭気《しゅうき》の闘技場で、唯一まともに部屋と呼べる場所だそうだ。興行主自身がエドにへコへコしつつそう説明していた。

今は桜の目の前で、桜の「持ち主」イリヤと値段や引き渡し条件の交渉がなされている。エド本人は何もせず、クッションの効いた椅子にふんぞり返っているだけで、交渉は全てお付きの初老の男がやっている。

桜はマスク越しのエドの視線に耐えつつも、そっと部屋を見回した。

扉はすぐそこ。

だがイリヤの部下である隻腕《せきわん》の男が二人、立ちはだかっている。

窓はあるが、テーブルを挟んだ奥に一つだけ。しかもかなり高い位置な上に、小さい。桜の体なら何とか通り抜けられるかもしれないが、時間がかかりそうだ。

（いま、いま逃げなきゃ）

桜は無意識に、三月からもらったブレスレットを握りしめた。

エドは、お気に入りの女奴隷が死んだから新しいのが欲しいと言った。

そして今、目の前で桜の引き渡し条件が交渉されている。

いくら世事《せじ》にうとい自分でも、これが何を意味しているかは分かる。――慰《なぐさ》み者だ。

「買い取りではなく、長期貸し出しという線は譲りたくないのですが。何せ世にも珍しい魔女ですから」

イリヤが穏やかな微笑みでそう言うと、エドの初老のお付きが溜息と共に首を振る。

「こっちは強制的に召し上げることも出来るんだよ、庶民《しょみん》さん。ロンドンの決まり事を知らないようだね、よそ者か君は」

「確かに最近、サンクト・ペテルブルクから来たばかりですが……彼女の所有権だけは困るのです。今後、魔女を連れてあちこちで興行をしたいので」

興行。

イリヤが、私を連れて。

つまり、蒼眼を殺し回させたいということか。

ふいに、それまで黙って桜を眺めていたエドが言った。

「おい魔女」

唐突な呼びかけに、思わずビクッと身を震わせた。

血の海になったエルミタージュ。あれと同じことをする蒼眼が、すぐそこにいる。

「お前は、俺も殺せるのか？　さっき最強の幽霊を見えない矢で殺したように」

この闘技場でトップの戦績を誇《ほこ》るラクランは、桜の一芝居に乗り、弱い毒で仮死状態になっている。今頃オティエノが蘇生《そせい》をはかっているだろうから大丈夫だろう。

だが、エドは本当に、桜が魔術でラクランを射貫《いぬ》いたと思っているようだ。

慎重に答えないと。

「……さあ。蒼眼は殺したことがない」

「ほう。では試すか」

エドは目を覆うマスクを外した。

真っ青な瞳が桜を射貫く。

「俺を殺せ」

桜は震えながら立ち上がった。自分は今、蒼眼の力に操られているふりをしなければならない。

だが、これは絶好のチャンスではないか？

弓も矢も手元にある。そして、ママの矢尻《やじり》も胸元の袋に大事にしまってある。

今ここでエドの蒼眼を無効化してしまうのも不可能ではない。

（いや、駄目だ。イリヤがいる）

大事なママの矢尻はとうとう残り三つとなったため、全て袋に入れてある。矢筒の矢に装塡《そうてん》しているものがないのだ。

エドをママの矢尻で射貫こうとすれば、イリヤの目の前で普通のものから木製の奇妙な矢尻に入れ替える、という作業をしなければならない。勘のいいイリヤが、その意味に気づかないはずがない。

イリヤには、桜が蒼眼の体に触れるだけで無効化できると思わせておかなければ。その勘違いがあるからこそ、彼は桜の扱いに慎重にもなっているのだから。

桜は蒼眼に操られるふりで、ふらふらとエドに近づいた。

そして矢筒から矢を一本とりだし、そのままエドの目を刺そうとした。寸前で初老のお付きに振り払われる。

「何だそれは。魔術で俺を殺してみろと言ってるんだぞ」

「……」

桜は無言で、今度はエドの首を狙った。今度は初老のお付きから二の腕をつかまれる。

エドが不満そうにイリヤに言った。

「なぜ魔術を使わんのだ、この娘は」

「蒼眼に操られている状態では無理なのかもしれませんね。――ああ、それに」

イリヤはニコリと笑い、首をかたむけた。黒髪がさらっと肩から流れ、うさんくささの演出を手伝っている。

「さっきはラクランに殺される寸前で、この魔女も必死だったんでしょう。命の危機にまで追い詰めれば、きっと本気を出して魔術を使いますよ」

「ふむ」

納得したのか、エドは桜から手を離すと、再び黒いマスクを装着《そうちゃく》した。傲慢《ごうまん》に顎《あご》をあげ、イリヤを見る。

「この魔女、言い値の十倍で買い取る。このエド様が人間相手に、ものを借りたりなどせんわ」

そう言い切ると、エドはお付きに言った。

「持って帰るぞ、この娘」

「御意《ぎょい》」

桜はお付きから後ろ手に縛られた。両肘《りょうひじ》を固定される形で、どうしても動かせない。今さらのように暴れようとしたが、口にも布を突っ込まれてしまう。

イリヤが困った顔で言った。

「交渉に応じて下さるからには、こちらの言い分もいくらか聞いて頂けるのかと思っていましたが」

「人間相手でも交渉してやらんことはないが、お前は話が長い。俺は、その娘が命の危機に陥《おちい》れば魔術を使うかもしれんというのを聞いて、すぐ試したくなった」

エドの言葉に、イリヤは苦笑した。やれやれ、と溜息をつく。

「仕方がありませんね。僕が思い上がっていたようです」

「閨房《けいぼう》で楽しんだ後、そのまま首を絞《し》めてみよう。この娘も慌てて、魔術を使おうとするだろう」

閨房が何なのか分からなかったが、ひどくまがまがしく聞こえた。楽しむ、という普通の言葉さえも今は忌《い》まわしく感じる。

桜はそのまま、闘技場から連れ出され、馬車に放り込まれた。

お忍び用なのか外観は地味だが、内部は豪華なしつらえだ。

桜はふかふかのクッションに横たわったまま、必死に逃げ出す方法を考えていた。アルちゃんは桜の肘を拘束する縄を囓っているが、彼の小さな歯ではなかなか上手くいかない。

やがて諦めたのか、アルちゃんはそっと桜の耳元で言った。

「閨房というのは寝室のことです。その時はおそらく、拘束が解かれるはずです」

桜はギユッと目をつぶった。

陵辱《りょうじょく》、という言葉の意味は知っていたが、まさかその危険が自分にも迫っているなんて。

アルちゃんに何度も、周りの男が桜をどう見ているか意識しろ、と注意されていたが、これまでは旅してきた仲間たちに守られて安心し、すっかり油断しきっていた。

「諦めて大人しく従うふりをしてエドを油断させてから、金星《きんせい》さんの矢尻を押し当てなさい。いくら蒼眼とはいえ、閨房では注意力も落ちるでしょうから」

そうだ、ママの矢尻はまだ三つある。

蒼眼を無効化して、エドが動揺している隙に逃げ出せばいいのだ。

諦めるな、諦めるな。

私は一人じゃない、アルちゃんがいる。

馬車はずいぶんと大きな館に着いたようだ。何人もの召使いが出迎えに来るが、拘束された桜が馬車から引き下ろされてきても、誰一人驚いた様子はなかった。

「こいつを洗え。今晩召し上げる」

エドが言うと、彼らは一斉にお辞儀《じぎ》をした。その揃いきった動作が桜には恐怖だった。

数人の女召使いに囲まれ、桜は屋敷内に連れ込まれた。長い廊下をずるずる引きずられて歩く。

逃げ出す隙をうかがったが、背中で拘束された両腕を大柄な女からしっかりとつかまれている。

（焦るな、焦るな）

大きな部屋に連れていかれると、ようやく拘束は解かれた。

だが扉にはしっかりと鍵をかけられたし、大きな窓には厚いカーテンがかかっており、外の様子がうかがえない。

（階段は二回、昇らされたからここは三階。さすがに飛び降りるのは危ないか。でも何とか）

あのカーテンをロープ代わりにして、と考えていると、大柄な女から蝶《ちょう》の着物を脱がされた。

「ずいぶんと珍しい服だね。あんた、どっから流れてきたの」

「……東の、遠い国の服です」

大きな浴槽に、お湯がどんどん溜められていく。女たち数人がかりだ。

「絹だね。これは蝶かい」

「そうです。母の形見《かたみ》なの」

それを聞くと、大柄な女はいくぶん丁寧に着物を扱い、ソファの背に広げた。

この人は、話が通じるかもしれない。

一瞬そう期待した桜は、思い切って話しかけようとした。

「あの」

「やたらキョロキョロして、あんたはまだ希望を捨てちゃいないようだけどね、蒼眼から逃げ出せはしないよ」

「――」

「おすすめはね、目をつぶって頭の中で歌を歌ったり数を数えるんだ。歌詞や数字にだけ意識を集中させせんのさ。そうすりゃいつの間にか終わってる」

彼女が何を言っているのか、桜はよく分からなかった。歌。数字。いつの間にか終わってる。

「下手に抵抗しない方がいい、エド様を喜ばせるだけだから。親切心で言ってるんだから、大人しくそうしときな」

ああ。

駄目だ、この人は桜が陵辱される際の態度に対して忠告している。それも「親切心で」。

着物の下に着ていた服も脱がされそうになったが、桜は慌てて、首から提げた小袋を握りこんだ。

「こ、これには触らないで」

「何だい、その小汚い袋は」

「大事なものが入ってるから、手放したくないんです」

ママの矢尻と万能薬だ。今これを失うわけにはいかない。

「何言ってんの、そんなもの首から提げてエド様の寝台に行けるわけないでしょ」

強引に小袋を外され、ソファに放り投げられた。手を伸ばそうとしたが、腕をつかまれてしまう。

アルちゃんが桜の懐《ふところ》からちょろりと顔を出した。大柄な女が呆れた声を出す。

「……蜥蜴《とかげ》？　あんたこんなのまで持ってるの」

「だ、大事な友達だから触らないで。お願い！」

大柄な女は無言でアルちゃんをつかむと、ソファに放り投げた。

「アルちゃん！」

思わず大声を出したが、幸いアルちゃんは柔らかいクッションに無事着地した。

桜をじっと見つめ、尻尾《しっぽ》でちょいちょい、と桜の小袋をつつく。

ハッと息を飲んだ。

そうだ、アルちゃんがママの矢尻を持ってきてくれれば。そして私にこっそり渡してくれれば。

深く息を吸い、まずは落ち着くことにした。

大丈夫、これまでの旅も何とか切り抜けてきた。それは心強い仲間たちのおかげではあったけど、今だって側《そば》にアルちゃんがいる。

服とブーツを脱がされ、左腕のブレスレットも外されそうになったが、大柄な女は顔をしかめた。

「何だこりゃ、外れないね」

三月に肌身離さずね、と言われていたので桜自身は外そうとしたことはないが、エルミタージュの花屋の娘も同じことを言っていた。留め金が特殊で、どこをいじればいいのか分からないらしい。

「遠い国で買ってもらったから、形が変わってるんです」

「うーん……まあ、このデザインならいいだろう。安物じゃないし」

それから桜は全裸にされ、ブレスレット一つでバスタブ一杯のお湯に沈められた。

犬蛇《けんじゃ》の島で慣れているので、女たちに裸を見せるのは何ともないが、髪やら手足やらあちこち擦《こす》られるのはいただけない。一応、自分でやりますと言ってはみたが、大柄な女はゆっくり首を振った。

「あんたに、貴人の閨《ねや》に行く前の身繕《みづくろ》いが出来るとは思えない」

爪やかかとも削られ、何らかの香油を肌に塗られた。ぬるぬるして気持ちが悪い。

さらには髪も少し切られた。ボサボサに跳ねたところを整えているらしい。

(男女がそういうことする時って、こんなに儀式が必要なの？　マリア婆ちゃんの話では、もっと簡単にどこでもすぐに、って感じだったけど)

だが桜は大人しくその儀式を受け入れた。横目でソファを見る。

アルちゃんが一生懸命、小袋の革紐を嚙っていた。大事なものだからときつく縛ってしまったが、革紐自体はそんなに太くない。アルちゃんでも、時間をかければ嚙み切れるはずだ。

最後に、ヒラヒラした薄い服を一枚、羽織《はお》らせられた。胸元のリボン一つで脱げるようになっている。

「ま、少しは見られるようになったかね」

大柄な女が言った。

他の女たちも馬を見定めるような目で、桜をジロジロと眺め回している。自分たちの仕事にどこか落ち度が無いかとチェックしているようだ。

そしてようやく、その部屋を出た。

両脇から女たちに腕をしっかりつかまれたまま、廊下を進んでいく。

きっと自分は、警戒している彼女たちの手を振りほどけない。蒼眼とも兵士とも街道の盗賊とも戦ってきたのに、弓矢が無いと何もできない。

廊下の天井や壁をそっと見た。アルちゃんが、アルちゃんが絶対に来てくれる。

廊下の突き当たりに、ひときわ立派な扉があった。大柄な女が声をかけると、入れ、との声がする。

扉が開かれ、桜一人が部屋の中に入れられた。

中央に大きな寝台。立派な柱があり、帳《とばり》で囲まれている。

「来い」

寝台からエドの声がした。何て、人に命令するのに慣れた声なんだろう。

桜は深く息を吸った。

さあ、もう何度迎えたか分からないが、正念場《しょうねんば》だ。

仲間たちと一緒に切り抜けてきたが、ラクランと戦わされた時の「正念場」はアルちゃんと二人で切り抜けた。彼の知恵と、桜のはったりと、そしてラクラン自身が戦いたくなかったという幸運によって。

今晩だって何とかしてやる。

島の女たちの中には、女の初めてはとても大事だから、惚れた男と結ばれるのがいい、と言う者もいた。初潮を迎えればすぐ見知らぬ男に嫁《とつ》がされるような国から来た女は、そんなとてつもない幸運はそうそうあるもんじゃない、とも言った。

桜には、惚れる、という感覚がよく分からない。ただの好き、と何が違うのか言葉で説明されてもいまいち理解できない。

だが、こんな場所でこんな相手に、陵辱などされたくない。

(アルちゃんが間に合わなかったら、戦う。抵抗するなと言われたけど、私には蒼眼が効かないし、隙をつけば何とかなる)

弓矢が無いと、などと弱気になっている場合じゃない。夏草が教えてくれた、体格差のある敵に襲われた際の反撃法を、今こそ実践するんだ。

再び深呼吸し、桜は寝台に進んだ。

帳を持ち上げると、帳面に書き物をしていたエドが顔を上げた。

「おお、美しい魔女だな。楽しみだ」

彼がペンと帳面を置いた木製の立派なサイドテーブルを、桜は素早く盗み見た。

燭台《しょくだい》、先の尖ったペン、インク壺《つぼ》、吸い取り砂、蜜蠟《みつろう》で覆われた小さな板。主に筆記具だ。

さらに、逆側のサイドテーブルには香油が入っているらしき小さな壺、絹のリボン、ふわふわした羽根の箒《ほうき》のようなものがあった。サイドテーブルに彫《ほ》ってあるのが妖艶なニンフなのをみると、おそらく房事《ぼうじ》に使うのだろう。

思わず両手の拳《こぶし》を握りしめた。

（こんなに、武器がある！）

ペンで刺すことも、インクや吸い取り砂で目潰しすることも、壺を頭に叩きつけることも出来る。相手を油断させるのだ。

「そんなに怖い顔をして閨に入ってくる女奴隷は初めてだな」

「……あの、あなたはどうして目を布で覆っているんですか」

アルちゃんが来る時間を稼《かせ》ぐため、桜は彼に質問してみた。

「蒼眼の人って、青い目を誇《ほこ》っているんでしょう。なぜ隠すんですか」

「隠してるわけじゃない、ただ、力が漏れるのが面倒でな」

「面倒？」

「俺と目が合うと人間どもは誰もが魂を抜かれたようになる。ヘロヘロで話さえ出来ん。周囲の人間がみんなそれじゃ困るから、必要な時だけマスクを外して力を使うことにしている」

――人間と話す？　蒼眼が？

意外な言葉に桜は目を見開いた。今まで会った恐ろしい蒼眼たちの顔が次々と目に浮かぶ。いや、そもそもこんな風に蒼眼と話すこと自体初めてだ。

「人間の闘技場にも見物に来ていたし、あなたは人間と交流したいのですか」

するとエドは不愉快そうに眉をひそめた。

「交流？　馬鹿馬鹿しい下等生物と交わりたいものか。ただ、仕事に人間との会話が必要だからだ」

「な、何のお仕事を――」

「魔女」

言葉をさえぎられた。

エドが指で自分のマスクを指す。

「それ以上、時間稼ぎをするなら蒼眼に言うことを聞かせるぞ」

桜はギクリと身を震わせた。

ばれている。桜のつたない目論見《もくろみ》など、とっくにお見通しのようだ。

「だが俺は、操られた状態の女と寝るのは好かん。反応がつまらなくてな」

エドの口元が薄く笑う。桜に向かって手が差し出される。

「おしゃべりは終わりだ。来い」

桜は帳に囲まれた寝台を必死に見回した。

（アルちゃん、どこ！）

間に合わなかったか。

ならば――。

桜がサイドテーブルのペンに目をやったとたん、エドが言った。

「武器になる小物はいくらでもあるが、俺がお前のような小娘にやられるとでも思うか？」

「――」

「蒼眼の力を使わずとも、我々は人間よりはるかに運動能力や五感に優《すぐ》れているぞ」

桜は自分の膝が小さく震えているのを感じた。

目の前にいる男が、怖い。

反射的に寝台から飛び出そうとした桜の右腕を、エドの手がつかんだ。ぐいっとシーツの上に引き倒される。

「いきが良いのはいいな。必死に媚《こ》びようとする女や、諦めきって絶望顔の女よりは、最後まで抵抗しようとする方が好みだ」

「離してっ」

暴れようとしたが、右腕と左脚を押さえ込まれていた。動けない。

頬に首筋に、男の手が触れている。マスクの向こう側から、私を見ている。

桜は涙目で叫んだ。

「アルちゃん！　アルちゃんどこ！」

「アルちゃん？　何だ好いた男でもいるのか」

「アルちゃん、アルちゃん早く！」

その時、泣きながら見上げた寝台の天蓋《てんがい》に小さな影が見えた。

燭台の灯りが揺れ、一瞬、その影が大きくなる。——あれは。

影はするすると柱をつたい、桜に近づいてきた。

アルちゃん。

口いっぱいに、ママの矢尻をくわえている。

桜は必死にエドを押し返そうとしながら、アルちゃんの方へ手を伸ばした。

もう少し、もう少しで。

桜の指先にアルちゃんが届きそうになった、その瞬間だった。

「何だこれは」

エドがアルちゃんをつかみ上げた。

蜥蜴か、と呟くと、寝台の柱にアルちゃんを叩きつける。

「アルちゃん!!」

桜は悲鳴をあげた。

アルちゃんの小さな体がずるずると滑《すべ》り、床に落ちていく。

「やだ、アルちゃん、アルちゃんが」

「まさか、アルちゃんというのはその蜥蜴か？　お前のペットか」

「お願い離して、アルちゃんが」

「まあいい、さあ、せいぜい抵抗してみせろよ」

一瞬、桜の目の前が真っ暗になった。

アルちゃんのあの叩きつけられ方では、即死だった可能性が高い。でもまだ息があるなら、万能薬で何とか出来るのに。

桜は渾身《こんしん》の力で自分にのしかかるエドを押し返そうとしたが、びくともしない。分かってはいたが、男は力が強い。

武器は無い、力ではかなわない。

だが桜は、夏草に教わった反撃の仕方を知っている。人体で一番硬いのは――。

（歯！）

身を起こした桜はエドの頸動脈《けいどうみゃく》に噛みつこうとした。

しかしあっさり止められ、今度は左腕もつかまれる。

エドは笑いながら言った。

「いい暴れ方だぞ、魔女。ほら魔術で俺に反撃し――」

突然、エドの声が宙に浮いた。

桜の左腕を掴む自分の右手を、呆然と見つめている。

「……何だ、これは」

桜のブレスレットから蔓《つる》が伸びている。

それはみるみるうちに増殖し、葉を生やし、エドの体を覆っていく。

エドは桜からサッと身を引いた。

彼に巻き付いた蔓は花を咲かせた後、やがて枯れ始めた。シーツの上に、乾いた葉がぱらりと落ちる。

放心してそれを見ていた桜は、ようやく気づいた。左腕にはめていた自分のブレスレットを見る。

宝石が一つ、なくなっていた。

三月は腕輪に細工をさせ、ママの樹の欠片《かけら》を埋め込んでいたのだろう。たとえ木の玉でも色を塗ってニスで仕上げれば、一見は分からない。

(こんなところにママの樹が……)

ブレスレットは三月がくれた、安全装置だったのか。

桜が弓矢で戦えない時に。

桜の手首を乱暴に握る蒼眼が現れた時に。

三月はそれを危惧したに違いない。

「……魔女、お前、何を……」

エドの低い声に、桜はハッと顔をあげた。

彼はマスクを剝《は》ぎ取り、怒りのうなり声をあげた。

「よりによって、私を人間にする魔術だと……？　このエド様を、下等生物に落としたのか魔女がぁ！」

そう叫ぶとエドはいきなり、桜の首に両手をかけた。

もの凄い力で締め上げられ、息が出来ない。

「……っ！　……!!」

必死に彼の胸を叩いたが全くの無駄だった。首がギリギリと絞まっていく。

これは窒息の前に、頸椎《けいつい》を折られて――死ぬ。

こんなところで。まだ旅の半《なか》ばなのに。

目の前が真っ暗になった。自分が死につつあるのが分かる。

薄れゆく意識の中で、桜は亡き母の顔、そしてまだ見ぬ父の顔を思った。どちらも、見たことがないというのに。

ふいに、首にかかったエドの手が離れた。

新鮮な空気がようやく流れ込んできたが、苦しくてひどく咳《せ》き込んでしまう。

涙目で何度も咳《せき》をしながらも、桜は状況を把握《はあく》しようとした。

エドが倒れている。

そしてシーツの上に散乱しているのは、割れた壺の欠片。

わけの分からない状況だが、誰かがエドの後頭部を殴ったようだ。

(だ、誰?)

この屋敷に桜を助けてくれそうな人はいなかった。ならば、侵入者か。

ようやく咳が治まり、桜がゆっくり身を起こすと、すぐ隣に人影が二つあって驚いた。


熊御前と狐御前。


もしかして、エルミタージュや闘技場でも見かけた二人組ではないか?

なぜだか知らないが、彼らが桜の危機的状況を救ってくれたらしい。

「……あの……」

喉《のど》を押さえた桜が、掠《かす》れた声で聞こうとすると、狐御前が片手をあげた。

「しゃべんないほうがいいよ、お姉さん。すぐ手当てするから」

子供の甲高《かんだか》い声だった。

彼が狐のかぶり物をすぽりと取ると、七歳ぐらいの可愛らしい男の子が現れた。

「こんにちは、俺はカナートだよ」

すると、隣の熊御前もかぶり物を脱いだ。

こちらは十歳ぐらいだろうか、きかん気の強そうな少年の顔が現れる。

「そして、俺はユナート」

グラナダの王様

初夏だというのに、この街では珍しく風が止まっていた。遠くシエラ・ネバダの山脈に輝く残雪《ざんせつ》だけが、わずかな涼《りょう》を運んでくれる。

砂鉄《さてつ》はアルハンブラ宮殿の赤茶けた城壁の上に立ち、戦火《せんか》にけぶるグラナダ市街を見下ろしていた。

千五百。

おおよそ見積もって、敵の数はそれぐらいか。斥候《せっこう》を出してはいるが、この混乱では正確な数はつかめないだろう。荷車に全財産を積み込んだ市民が狭い街路で逃げ惑っているため、あちこち詰まって脱出経路が塞《ふさ》がれている。市街に通じる重要な道路、橋もすでに破壊されており、生き残っていた通信も途絶えた。ここしばらく市民への配給の中心となっていたグラナダ大聖堂はすでに焼け落ちた。

三時間前、市庁舎も占拠《せんきょ》された。都市は機能不全に陥《おちい》っている。

グラナダでも目立つ小高い丘に悠然と佇《たたず》むこのアルハンブラ宮殿は、今のところ標的にされていない。名城として千年以上名を轟《とどろ》かせている城だが、砂鉄が「普通の」人間として生きていた時代にはただの観光地だった。あの時代においては軍事的価値は特に無い。

とはいえ、この騒乱は三百年前を思い起こさせる。

金星特急の旅で訪れたグラナダで、砂鉄は戦い、そしてユースタスと初めてキスをした。あの時の彼女の声と涙。今でもはっきりと思い出せる。

「城主」

城壁の下から呼びかけられた。

普段は宮殿のタイル装飾を整備している男が、不安げな顔で砂鉄を見上げている。

「お客様がいらっしゃって……城主のお知り合いだと」

アルハンブラの扉はどれも固く閉ざしてあり、中にこもっているのは城内のメンテナンス要員とその家族二十五名、そして砂鉄だけだ。突然のグラナダ侵攻に怯《おび》える彼らはみな、城壁の銃眼《じゅうがん》から街を見下ろしては震えている。

「名乗ったか」

「その……『愛の戦士☆きゅあきゅあレッド』とおっしゃる男性でして、何だかうさん臭い笑顔で、赤毛の……見目は麗《うるわ》しくていらっしゃるのですが、とても城主のお知り合いに見えず、お通ししていいものか……」

困ったように報告するタイル整備の男を見下ろし、砂鉄は溜息をついた。

赤毛の、見目麗しいアホ。自分の知り合いにそんなのは一人しかいない。

城壁から飛び降りた砂鉄は、自《みずか》らその「お知り合い」を出迎えに行った。繊細《せんさい》な紋様《もんよう》の広間を抜け、オレンジの香る中庭を通り、彫像《ちょうぞう》の立ち並ぶ円形の回廊を進み、宮殿で最も大きく頑《がん》丈《じょう》な門にたどりつく。

分厚《ぶあつ》い鉄製の扉を開くことなく、閂《かんぬき》に足をかけて軽く飛び上がる。城壁から見下ろすと、マントの男が一人、門外に佇んでいた。

「や、おひさ〜」

へらっと笑って手を振っていたのは、三月《さんがつ》だ。十年ぶりほどか。

世界のどこにいたのかは知らないが、伝言を残してたった十日で駆けつけてくれたのはありがたい。

「いきなり侵入しなかったのだけは褒《ほ》めてやる」

「だって砂鉄、このアルハンブラの城主様じゃん。一応気を遣ったんだよ」

そう言いながら、鳩《はと》が巣を作る壁のくぼみに、ごめんよと言いながら彼も足をかける。あっという間に城壁に昇ってくると、砂鉄と並んで眼下を眺めた。

「来る途中、街を偵察はしてきたけど、大パニックって感じだね」

「かなり唐突な侵攻だったからな」

「『聖なる手綱《たづな》の隷《しもべ》の会』だっけ？　何か宗教団体？」

「よくある銃狩りの一派だが、こいつらはかなり過激らしいな」

ここ五十年ほど、「銃狩り」は活発化している。

世界に争いをもたらすのは武器、その最たるものは幼子《おさなご》さえ殺人者に変えてしまう銃だとして、片っ端から銃火器《じゅうかき》を狩っては断罪する団体が、世界各地で正義の鉈《なた》を振るっているのだ。

だが彼らは銃を憎み、平和を愛するだけではなく、銃の持ち主をも「処分」する。刀や斧《おの》、その他の処刑器具を使い、そのバリエーションは豊富らしい。治安の悪い地域で郵便配達をするため拳銃を携帯していた男が、無惨《むざん》にも首を落とされさらされた、という話も聞いた。その拳銃は一度も使用されたことが無かったらしいが。

「何でまた、平和なグラナダを襲ってきたの」

「武器の貿易をしているからだ、というのが聖なる手綱とやらの主張らしいな。グラナダが地中海における銃火器販売の中継をしてると」

「あー、最近は海賊多いし、貿易商だって身を守りたいからしゃーないと思うけど」

世界中で紛争が続いていた三百年前は、各国の軍や民間人も大量に銃を持っていた。あいつぐ戦争でそれらは消費されていったが、ふと気がつくと、銃火器の製造は滞《とどこお》り始めていた。

名だたる銃のメーカーは次々と消え、その技術や知識は加速度的に失われていった。今では手工業者が細々と銃を手作りしている程度だ。数はそれほど出回らないし、そもそも火薬の製造者も減っていると聞く。

「人類の歴史を変えた大発明っていくつかあるけど、火とか、文字とか、ワクチンとかと並んで銃もなんだって。軍事訓練しなくても、ふっつーの人間が簡単に兵士になれちゃうからね。

銃が登場して以来、隣国同士の争いだった戦争があっという間に世界規模に広がったらしいよ」

「物知りだな」

「夏草《なつくさ》ちゃんが本で読んだっていうのの、受け売りだけど」

火、文字、ワクチン、銃。

火はともかく、文字もワクチンも銃も、社会から急速に消え去りつつある。活版印刷《かっぱんいんさつ》がなぜか廃《すた》れ始め、ワクチンの効能を知る人間も減ってきた。ただ単に文明がゆっくりと退化しているのではなく、「これまで文明を進化させてきたもの」が狙い撃ちされたように弱体化《じゃくたいか》している。

「聖なる手綱とやらのリーダーってどんなん？」

三月に聞かれ、砂鉄は煙をあげるグラナダ市庁舎から目を離さないまま答えた。

「永遠に若いままの少年だと。だから聖人ラハマンと呼ばれているそうだ」

「やっぱりかー」

銃狩りする団体は世界各地にあるそうだが、それを率《ひき》いるのは「成長しない子供」であることが多い。

三百年前は世間から隠れるよう生きてきた彼らは現在、自らを天から下《くだ》された聖なる僕《しもべ》と考え、様々な活動にいそしんでいる。ワクチンや銃だけではなく、文明社会そのものを否定し、大規模農園や工場などをせっせと破壊しているのだ。おかげで煙草が手に入りにくくなった。

三百年前に桜《さくら》が「癒《い》やす」ことの出来た成長しない子供たち。

彼らは今、統一された意志を持って動き始めている。――だが。

「ユースタスの樹、へーき?」

「今のところはな」

城壁から飛び降りた二人は、アルハンブラで最も美しいと言われる天人花《アラヤネス》の中庭《パティオ》へと移動した。

野薔薇《のばら》に囲まれた人工池に、繊細な彫刻を施《ほどこ》されたアーチがいくつも反射している。

そのほとりに、静かに佇む樹が一本。青空を映す水鏡には、新緑の淡い葉と幹《みき》が逆さまに生《は》えている。

三月は樹に向かって軽く手をあげた。

「ユースタス、元気ィ?」

もちろん返事は無かった。彼女はあと四百年ほど、ここで眠っている予定だ。

三月は手のひらで軽くユースタスの樹の幹を叩いてご挨拶《あいさつ》すると、ふいに真剣な目になった。

「この宮殿、聖なる手綱の標的になる可能性もあるけど」

「だろうな」

「兵力は?」

「俺とお前、あとは庭師とタイルやモザイク、噴水整備の使用人たちと、その家族だな」

「うーん、実質ほぼ俺たち二人かー」

「おっと、俺も加えておくんな」

その声に振り返ると、野薔薇の通路を悠々《ゆうゆう》と歩く姿があった。着流しに煙管《きせる》、無造作《むぞうさ》にまとめた黒髪で、下駄《げた》をさばいて翻《ひるがえ》る裾《すそ》。相変わらず派手な男だ。

「伊織《いおり》」

「えっ、早いじゃん伊織、南米かと思ってたけど」

三月と同時に伊織にも伝言は残したが、こんなに早く駆けつけてくれるとは思わなかった。どこか世界の果てで女の家にでも転がり込んでいるだろうと思っていたのに。

「グラナダの一大事とあっちゃあ、裾をからげて駆けつけるってもんよ。飛行機持ってる金持ちのご婦人に、ちょっとだけおねだりして乗せてもらったサ」

今どき個人で飛行機を所有しているとなると、相当な大富豪だろう。それに「ちょっとだけおねだり」で欧州《ヨーロッパ》まで飛ばせるとは、さすが色仕掛けの達人だ。

「イベリア半島に降り立ったはいいが、ご婦人からどうしても地中海沿いのホテルで一泊、ってせがまれてな。何とか断って馳《は》せ参じたぜ」

伊織もユースタスの樹の幹に触れ、微風に揺れる葉を軽くつまんだ。

「新緑のいい匂いすんねえ」

「この季節になるとな。ちゃんと呼吸して光合成してんだなって不思議な気になんぜ」

そうだ、彼女の樹は生きている。

つまり、死にかねない。――絶対に守らなければ。

三月は懐《ふところ》から古い見取り図を取りだした。昔この辺りで売られていた、アルハンブラ宮殿のガイドブックに添付されていたものだ。

「もとは要塞《ようさい》だから守りは固めやすいけど、さすがに大人数で押しかけられたら危ないね。このカルロス五世宮《きゅう》って建物、壮大なわりに何か危うげだけど大丈夫？」

「あれはイスラム教徒じゃなくて、キリスト教徒が後から建てたもんらしいからな。扉には頑丈なシャッターを付け足して、内城《うちじろ》とは完全に切り離せるようになってる。――伊織、お前はどこの城壁を乗り越えてきた」

三月のように正面の門を訪ねなかったというなら、伊織はどこからか侵入してきたはずだ。身体能力の高い彼ならば難しくはないだろうが、やはり気になる。

「北東の、あの長い水路を引き込んでる城壁から。壁は高いけど植物が生《お》い茂ってるから、割と簡単に昇れたサ」

やはり、あそこか。

アルハンブラ宮殿には遠いシエラ・ネバダの山から水を引いているが、乾燥の激しいこの地方で蒸発を防ぐため、水路の脇には多くの木々が植えられている。それらは木陰を提供してはくれるが、やはりどうしても弱点となりうる。

「一時的に伐採《ばっさい》する？」

「そうだな……外部からの水路以外にも水源はある」

三人で城壁を歩き回り、脆弱《ぜいじゃく》な箇所《かしょ》をチェックした。

空からの爆撃や大砲などが存在しないこの時代、アルハンブラの守りは鉄壁に近いと言ってもいいが、攻城戦《こうじょうせん》の武器を用いられれば危ないだろう。何せ聖なる手綱は千五百人、こちらで戦えるのは実質三人だ。

「砂鉄、守りを固める兵士とか雇《やと》わなかったの？」

「雇おうとした。こういう事態に備えて、一日以内にアルハンブラに集合できる傭兵《ようへい》や兵隊崩れのネットワークを常に整えてた。が、奴らは来なかった」

「トンズラかい」

「いや、聖なる手綱側に突然寝返った。五百人ほどな」

煙草の煙と共に砂鉄は言った。うんざりした声になっているのが、自分でも分かる。

「寝返ったって……」

「金さえ払えばそれなりに働く奴らだから、俺はそこそこ信頼してたんだがな。本当に突然、聖なる手綱の軍に加わったらしい」

その知らせが入った時は、さすがに砂鉄も驚いた。この時代にあって銃火器を携《たずさ》える彼らにとって、「銃狩り」の聖なる手綱など最も憎む敵のはずなのに、自ら銃を捨て、聖なる手綱に下《くだ》ったそうだ。

すると伊織が、煙管をコン、と城壁の煉瓦《れんが》に打ち付けて言った。

「大混乱のグラナダを通ってくる途中で、奇妙な噂を聞いたぜ。聖なる手綱のリーダー・ラハマンの目を見ると、誰もが心を奪われるって」

「心を奪われる？　何それ、ラハマンは絶世の美男とかそういうのってこと？」

「いや、普通の少年らしいんだが、その目を見るとみんなフラーッとなって唯々《いい》諾々《だくだく》と従っちゃうんだとサ。錫《すず》食器店のおかみが恐ろしそうに言ってたぜ」

目を見ると心を奪われる。

そんなことがあるのだろうか、本当に。

もしラハマンがそのような力で人を操れるとなれば、それはユースタスの銀魚《ぎんぎょ》の力に匹敵するものだ。

すると三月も考えこみながら言った。

「俺もこの前、シベリアの方で銃狩りの一行に出くわしたけど、頭領は神様みたいに信仰されてたな。メンバーは心酔《しんすい》しきってて、『あなたの瞳で私どもを罰《ばっ》してください』って唱《とな》えては、頭領に見つめてもらってた」

見つめてもらってた、か。

銃狩りの頭《かしら》ということは「成長しない子供たち」の一人だろうが、もし彼らの中に、ユースタスのような力を持つ者が生まれつつあるとしたら。見つめるだけで人々を操り、銃や文字やワクチンを壊し、人類を緩《ゆる》やかな破滅に向かわせているのだとしたら。

金星《きんせい》は、「成長しない子供たち」はいずれ新人類となり、人類を滅ぼしにかかるだろうと予言した。もしかしてこの三百年ほどの間に、ただ成長しないだけではなく異能力者も生まれてくるようになったのか。だとすると厄介《やっかい》だ。

二十五人いる使用人とその家族は、砂鉄たちと顔を合わせるたび、不安そうに尋ねた。

「私たち、ここにいて大丈夫でしょうか」

「いま、グラナダの街に飛び出すよりよっぽどマシだぜ。食料と水の備蓄《びちく》もある」

実際、砂鉄は敷地内にある教会の地下墓地に保存食を備えさせてあった。この人数なら一年は持つ計算だ。

「あの門から押し入ってこられたら……」

「敵が侵入したら俺たちが何とかする。その代わり、お前たちは――」

「はい、アラヤネス様の保護ですね」

砂鉄が雇ったアルハンブラの使用人の間で、いつの間にかユースタスの樹はアラヤネス様と呼ばれるようになっていた。天人花《アラヤネス》の中庭に生えているから、というのが理由らしいが、白い可憐《かれん》な花は、ユースタスの呼び名にふさわしいと思う。

アラヤネスの中庭の人工池には野薔薇に隠された消火ポンプもあり、もしユースタスの樹に火がついてもすぐ放水できるようになっている。砂鉄が選んだこの使用人たちは、ずっと年を取らない不思議な「城主」に質問をすることもなく、ただ黙々《もくもく》とアルハンブラ宮殿の手入れを続け、「アラヤネス様」を守ってくれている。

その夜は、三人とも寝ずに城壁から市街の様子をうかがっていた。

市庁舎が聖なる手綱の拠点となったらしく、人がせわしなく出入りするのが見える。時折激しく打ち鳴らされる鐘《かね》は、焼け落ちたグラナダ大聖堂から鐘楼《しょうろう》だけを引っ張ってきたのだろうか。何の合図をしているのだろう。

「俺、グラナダ来たら飯食うのも楽しみだったんだけどなー。食堂のおばちゃん、無事だといいけど」

三月が缶詰の豆を食べながら言った。実際、様々な文化が融合《ゆうごう》するグラナダは高級店から庶《しょ》民《みん》向け露店《ろてん》までレベルが高い。ユースタスが目覚めるはずの四百年後まで、あの味が保たれて欲しいと砂鉄も願っている。

緊張した夜は続いたが、聖なる手綱がアルハンブラ宮殿に押し寄せてくることはなかった。おそらく、制圧した市街の統制で手一杯なのだろう。

だが夜明け、少しだけ仮眠を取っていた砂鉄の肩を伊織がゆすった。

「城主、ちっとやばい事態になったぜ」

伊織の隣では、三月も真顔になっていた。一気に覚醒《かくせい》して起き上がる。

「どうした」

「ま、正門に来てくれ」

彼らと共にライオンの噴水を突っ切り、砂鉄は正門へと急いだ。

分厚い鉄扉ののぞき口を開き、外を見て絶句する。

大量の避難民が押し寄せていた。赤ん坊や幼児を抱き、荷車に全財産を乗せ、あるいは着の身着のまま、あるいは全ての服を着込んで。

彼らは鉄門を叩きながら口々に、宮殿に入れてください、私たちを守ってください、と訴《うった》えている。

「どうする」

三月に聞かれ、砂鉄は逡巡《しゅんじゅん》した。

このアルハンブラ宮殿は砂鉄が大金を投《とう》じてグラナダ市から買ったものであり、いわば私邸だ。そしてユースタスの樹を守るための要塞でもある。

グラナダ市民を守る義務は市長、もしくは郡の行政にあるだろうが、今は機能していないらしい。完全に聖なる手綱に掌握《しょうあく》されているようだ。

伊織も溜息と共に尋ねた。

「仏心《ほとけごころ》を出すかい、それとも鬼となって閉め出すかい。赤子を出されちゃ心も痛むってもんだが」

「――門を開けるぞ」

「いいの？」

「仕方ねえ」

三人がかりで重い鉄門を開くと、避難民がワッと雪崩《なだ》れ込んできた。背後から追われてでもいるかのように、振り返りながらも押し合いへし合いだ。

「ありがとう、ありがとうございます」

砂鉄がここの城主であることを知っている者は、拝《おが》むようにそう言った。年を取らない隻眼《せきがん》の奇妙な男が宮殿をよく訪ねてくることは、目撃した市民の間でそこそこ噂になっていたらしいが、本物を見るのは初めてという者も多いだろう。

住み込みのモザイク職人と庭師に、避難民たちをカルロス五世宮の中庭に案内させた。あそこなら無駄にだだっ広いし、中庭をぐるりと取り囲む住居部分もあるから休めるだろう。

四百人はいるだろうか。避難民たちはみな、疲れて怯えきった顔をしている。

ふいに、グラナダ市街の方から狂ったような鐘の音が響いてきた。女たちが「ひいっ」と叫んで両手で耳を塞ぎ、男たちの顔は一斉に恐怖で歪《ゆが》む。

「あの鐘の音、何の合図？　時刻じゃないみたいだけど」

三月から尋ねられた中年の女は、幼児をかたく抱きしめながら、うめくように言った。

「せ、聖なる手綱が銃を持っていた『つみびと』を殺す音です。鐘で、潰《つぶ》しているんです」

鐘で人間を潰すか。また面倒な処刑法を選んだものだが、聞き慣れた教会の鐘が自分たちの隣人を殺している音を奏《かな》でるとなれば、その心理的恐怖は大きいだろう。

「それに、鐘を吊り上げては落としているのは、『つみびと』の家族や友人なんです。みんな最初は反抗していたのに、ラハマンの目を見たとたんにフラフラと……」

すると、中年女の夫らしき男も半泣きで訴えた。

「うちの隣の両替屋さんは、自分の弟を鐘で殺してしまい、我に返ると自ら命を絶ちました。ああ、天国に行けなくなる……」

やはりラハマンの目はユースタスの銀魚と同等の力を持つようだ。尤《もっと》も、かなり邪悪な使い方だが。

砂鉄は、井戸の水は自由に使用してよいこと、生活用品を持ち込んだ者は身一つで逃げ込んできた者に融通《ゆうずう》してやること、など淡々と注意事項を述《の》べ、食料を運ばせた。教会の地下墓地に備蓄してあったパスタと塩漬け豚、豆などだ。

「水も食料も寝床も与える。だが、この奥に続く人工池の中庭には絶対に入るなよ。興味本位でアルハンブラをうろつく奴らが出たら、速攻で全員を追い出す。分かったな」

避難民たちは何度も何度もうなずいた。こうして連帯責任にしておけば、お互いに見張っていてくれるだろう。

三月、伊織と共に最も高い城塞塔に昇った砂鉄は、グラナダの様子をじっとうかがった。聖なる手綱の本拠地となった市庁舎から、再びいびつな鐘の音が響いてくる。

「砂鉄が親切すぎて意外だった。無条件で市民受け入れ、あげく食料も提供なんてさ」

三月が言うと、伊織も面白そうに続けた。

「正直、ユースタスが眠るこの場所には絶対他人を入れねえと思ったがねえ。まるで聖人の所《しょ》業《ぎょう》じゃねえかい」

「……ユースタスのためだからだ」

ボソッと答えると、二人は意外そうに目を見開いた。意味が分からない、という顔をしている。

砂鉄は煙草に火をつけ、一口吸ってから答えた。

「ここであいつらを閉め出すのは簡単だ。だが絶対に、後々まで逆恨みされる。あんなに広い城に住んでるくせに、焼け出された可哀想《かわいそう》な私たちを助けてくれなかった、とグラナダで何十年も語り継がれる」

砂鉄がアルハンブラ宮殿に滞在している時なら、ユースタスの樹を守ることも出来る。だがグラナダを離れた時、万が一にでも彼女の樹を燃やされたりでもしたら。逆恨みで他人の家に火をつける奴など、これまでごまんと見てきた。

「俺はグラナダの市長でも権力者でもねえが、この城を所有してるってだけで金持ちだと見なされるだろう。貧乏人の逆恨みと嫉妬はこええぞ」

「なるほどー、ここで閉め出すより懐に入れちゃった方がマシってことか」

「それに――」

続けて言おうとして止めた砂鉄だったが、伊織がニヤリと笑った。

「ユースタスなら絶対にこうするだろう、かい？」

砂鉄は憮然《ぶぜん》として返事をしなかったが、伊織が正解だ。

ユースタスは絶対に、追い詰められた人々を見捨てない。赤の他人でも、赤子でも、老人でも、おそらくは敵であってさえも。それで自分が困るはめに陥っても、それが神の教えだからと笑顔で彼らに手を差し伸べるだろう。

「四百年後にあいつが起きた時、説教されたくねえんだよ」


避難民はそれからもポツポツとやって来た。

そのたびに正門を開いて招き入れ、水と食料を与えた。これまで庭やモザイクタイルの世話をしていた使用人たちは、避難民の世話で大忙しだ。最終的に、カルロス五世宮に寝起きする人々は五百人ほどにまで膨《ふく》れ上がった。

「砂鉄、このペースだと食料、もって五日ってとこだね」

教会の地下墓地で備蓄を確認してきた三月が言った。メモ帳をペンでトントンとつつく。

「水は山から引いてるのも井戸水もあるからいいけど、配給を減らして我慢させても十日が限度かなあ」

「庭園のオレンジとかレモンは食えねえのかい」

伊織に聞かれ、砂鉄は首を振った。

「あれは観賞用らしい。食えたもんじゃないと庭師が言ってた」

「はしっこい奴は、パンくずで鳩おびき寄せて、羽根むしって焼いてるけどね」

「そのうち、そこらの猫とっつかまえて食おうって奴らも出てきそうじゃねえの」

鳩や猫ならまだいい。

人間は本格的に飢《う》え始めると、草でも泥《どろ》でも食べる。木の皮をむしり、葉をちぎり、根っこを切ってしゃぶろうとする奴も出てくるはずだ。

――ユースタスの樹をそんな目には遭《あ》わせない。絶対に。

その時、市街を一晩さぐらせていた斥候が戻ってきた。斥候と言っても普段は噴水やポンプのメンテナンスをする男なのだが、目端《めはし》が利《き》いて腕《うで》っ節《ぷし》もなかなかなので、こうした事態では頼りになる。

「聖なる手綱の隷《しもべ》の会、ありゃ異常ですわ。銃器を扱ってた店は真っ先に襲われたそうですが、そこから顧客《こきゃく》リストを持ち出して市民を執拗《しつよう》に調べてるんですと。銃を買ったのは誰だ、一度でも使ったことのある奴は誰だ、ってね」

斥候は両手で鐘の形を作ってみせ、持ち上げて落とす仕草をした。

「で、少しでも怪しい市民がいたら鐘潰しの刑ですよ。それもラハマンとかいう小僧が、『つみびと』の家族にやらせるんですからねえ。ありゃ人間じゃない」

そうだ、確かにラハマンは厳密にはもう人間ではない。

いずれ新人類に進化していくであろう種族の、異能力を持つ祖先となるだろう。

「ラハマンに目で操られると、どのぐらいの時間、正気を失うんだ」

「人によってまちまちみたいでしてね、三日も四日もラハマン様ラハマン様ってラリってる奴もいれば、ラハマンの力が全く効かず、操られない人間もいるんですよ。俺が実際に話したのは、長年ずーっとモスクの掃除をし続けた一般信徒の爺《じい》さんと、人間は信じない、飼い犬しか信じないってわめいてるおばちゃんでしたねえ」

信仰心の厚い者、人間不信の者。それらはラハマンに操られることがない。

つまり、意思の力で何とかなる。

「城主が雇うはずだった傭兵たちもですね、ラハマンの目にやられちゃったのもいれば、そうでないのもいるんですが、みーんなあっさり投降《とうこう》してましたね。銃を持ってた奴はこっそり捨てて、これまで剣と弓しか使ったことありませーんって顔してね」

つまり、ラハマンに操られなかった傭兵たちも砂鉄を裏切ってあちらについたということか。

彼らは、砂鉄から金をもらってアルハンブラ宮殿を守るより、ラハマンに従って市民を殺して回る方がよしと判断したのだ。——要するに、砂鉄側に勝ち目は無いと読んだ。

（ちっ、こんな時のために前金渡しといたってのに）

だが傭兵の習性なら嫌と言うほど身にしみている。金に汚く、すぐ裏切り、雇い主の期待の半分しか仕事をしない。ある意味では予想通りだ。

「ラハマンはアルハンブラに攻め入るつもりか」

「攻め入るでしょうね、避難民がぞろぞろ坂を登ってるのを見てますし。今はグラナダから逃げ出そうとする市民をとっ捕まえるのに忙しいでしょうが、ある程度落ち着いたら標的はこっちになるでしょうな」

それが一日後か、一ヵ月後か。

ラハマンによる粛清《しゅくせい》がどれほど続くか分からないが、このままでは食料が心許《こころもと》ない。避難民たちが飢え始めれば、アルハンブラ宮殿の内部から崩壊もあり得る。

その日は聖なる手綱の軍がこの丘へ登ってくることはなかった。

夜が訪れ、庭園のオレンジとレモンの香りが濃厚になる時間帯、砂鉄は三月と伊織を呼んだ。

「伊織、城の外で食料調達《ちょうたつ》してきてくれ。うちの使用人の中から泳げて頑丈な奴を何人か選んでな」

「泳げる……ああ、あの抜け道を使うのか」

アラヤネスの中庭の人工池には、秘密の抜け道がある。アルハンブラ宮殿が建てられた九世紀頃から存在しているらしく、グラナダ市の外れに出られるようになっている。昔は王族のみが知っていた脱出ルートだったのだろう。

「三百年前より水位は下がってるから、潜《もぐ》って進む時間はそう長くない。だが食料を背負って長いトンネルを進む体力はいるな」

「よし、任せな」

正直、たった数人で五百人もの食料を運べるわけはない。だが細々とでも補給ルートが生きていれば、籠城戦《ろうじょうせん》となった場合の絶望感を避難民に与えずに済む。

そして、三月に頼みたいのは。

砂鉄が口を開く前に、三月はニヤッと笑って自分の頸動脈《けいどうみゃく》を切る仕草をしてみせた。

「ラハマンの暗殺、いっとく？」

「今晩は様子見だけでいい。敵の大将は暗殺するより戦いの中で派手に殺した方が、グラナダ市民の記憶に残る。奴らがアルハンブラを襲ってきたら、俺がやる」

「そうだねえ、避難民たちにはアルハンブラの城主にうんと感謝して語り継いでもらいたいもんね、ユースタスを守るためにも」

どうせラハマン一人殺したところで、第二、第三の銃狩りはやってくる。その時にグラナダ市民が一致団結して戦えるよう訓練をしておきたい。

そして彼らに、アルハンブラ宮殿は絶対に守る、という意識も植え付けておきたい。飛行機で爆弾を投下《とうか》していたような時代にはただの観光名所にしかなりえなかった城だが、銃火器を憎み、古典的な武器のみで襲ってくる敵に対してなら、要塞としての力を存分に発揮するはずだ。

「じゃ、いざという時にラハマンすぐ殺せるよう、偵察だけしてくるね」

三月はひらっと手を振ると、すぐに城壁を乗り越えて闇に消えた。こうした任務においては頼もしい男だ。

砂鉄は避難民のシェルターとなっているカルロス五世宮に行き、全員を中庭に集めた。

「お前たちには交代で歩哨《ほしょう》に立ってもらう」

「ほしょう……？」

若い男が不思議そうに聞き返した。無理もない、彼ぐらいの年齢なら戦争も徴兵《ちょうへい》も体験したことはないだろう。

「要するに見張りだ。城壁に立って異常が無いか、敵兵がいないか確認する。居眠りしやがったら俺が背中から突き落とす」

避難民たちはざわついた。この頑丈な宮殿に逃げて一安心したばかりだというのに、ラハマンたちがもうそこまで迫っているのかと不安になったようだ。

「まだ聖なる手綱は襲ってきちゃいねえ。グラナダ市街に逃亡した市民をとっ捕まえるのに忙しいらしいからな。だが標的はいずれ必ず、この宮殿になる」

ひい、と小さな悲鳴があがった。あちこちで恐れおののく声、鼻をすする音がする。

赤子を抱いた女にすがられた。

「じょ、城主様が私たちを守ってくださるんでしょ。こんなに立派なお城だもの、きっと兵隊さんもたくさん――」

「兵はいねえよ。俺と仲間二人、使用人とその家族、そしてお前らだけだ」

とたんに避難民たちの顔が凍り付いた。呆然としている。

「雇おうとしてた傭兵はラハマンに寝返った。今頃グラナダ市民狩りで大活躍してるだろうぜ」

避難民たちの顔に絶望が浮かんだ。

彼らはこのカルロス五世宮と裏庭までしか出入りを許されておらず、アルハンブラ宮殿の核となる美しい内城や中庭、庭園などを見ていない。この広大な敷地のどこかに兵舎があり、武器を十分に持った兵士たちがいるものだと思い込んでいたらしい。

「だ、だったら先に言ってくれよ、こんなところに閉じこもらずにさっさとグラナダから脱出したのに！」

そう叫んだ男を、砂鉄はくわえ煙草でチラッと見た。他にも、そうだそうだ、と言いたげな顔がいくつかある。

思わず肩をすくめた。全く、いつの時代も人間は自分勝手なものだ。

「別に今からでも出てってくれて構わねえぜ。聖なる手綱の市民狩りから逃げられるよう祈ってやるから」

市民狩りを恐れてこの宮殿まで登ってきたはずなのに、彼らはその事実を忘れてしまったようだ。寝床と食料を与えられてもまだ、「守ってくれる兵士がいない」ことに憤《いきどお》るとは。

砂鉄は不安そうな顔の並ぶ避難民たちを見回した。

「十五歳から上は何歳でもいい、二時間交代の歩哨に立ってられる男は立候補しろ。ただ飯食らいになりたくなきゃな」

すると顔を見合わせていた避難民たちのうち、三十人ほどはすぐに立ち上がった。やがておずおずと周りを見回しながら二十人ほどが立った。そして、身を縮《ちぢ》めて「見つからないように」と祈っていた男たちが周囲の視線に耐えかねてぽつりぽつりと立ち上がった。子供、老人、怪我人や病人をのぞき、ほぼ全ての男が歩哨に参加することとなる。ただ飯食らい、と最初に釘《くぎ》を刺したのが効いたようだ。

砂鉄は武器庫代わりにしていた修道院の聖器室《せいきしつ》を開放し、剣と槍《やり》、斧、弓などから男たちに武器を選ばせた。万が一に備えて集めていたものだが、面白いことに剣ではなく槍が一番人気だった。自分は闘牛士の血を引いているから、と口々に言うが、このうち何人が本当に闘牛士の血筋なのだろう。

「銃が扱える者はいるか」

砂鉄の質問に、男たちは不安そうに顔を見合わせた。

ここで銃が使える、と宣言してしまえば、聖なる手綱の捕虜《ほりょ》となった際、激しい拷問《ごうもん》のあげくに鐘で叩き潰される。名乗り出たくはないだろう。

だが、老人が一歩、前に出た。

「猟銃《りょうじゅう》なら」

次に少年が一人、大人の中から歩み出てきて老人の隣に立つ。

「僕も猟銃なら」

彼らは親戚同士で、老人が少年に狩りを教えているそうだ。少年はどう見ても十三歳以下だったが、十五だと言い張った。

「そうか。お前ら、腕前に自信はあるか」

「俺ははるか上空を舞う鷲《わし》でも、三百メートル先の素早い大山猫《おおやまねこ》でも狩ることが出来る」

老人が答えると、少年も勢い込んで言った。

「僕も十歳になって以来、野兎《のうさぎ》を仕留め損ねたことはないよ。目も凄《すご》くいい」

「なるほど」

そこそこ腕前に自信はありそうだが、問題は。

「で、お前らは人間を撃てるか」

「撃てる」

老人は即答した。この年なら何度か戦争に行ったこともありそうだ。

少年は躊躇《ちゅうちょ》したが、やがて小さくうなずいた。これは無理だな、と内心思うが、砂鉄は口には出さなかった。

「正直、銃火器を使わねえ敵相手で、こちらに狙撃手《スナイパー》が二人もいるのはありがてえ。いざとなったら頼りにしてるぜ」

すると老人は重々しく、少年は真っ赤な顔でうなずいた。

砂鉄は男たちを三つのグループに分け、二時間おきに交代するよう城壁の要所要所に配置した。この三百年で時計を造る技術も衰退《すいたい》したので、貴重な腕時計や懐中《かいちゅう》時計を所持している男はタイムキーパー兼連絡係とする。楽な仕事なようだが、広大なアルハンブラ宮殿の敷地を行ったり来たりする、実は大変な任務だ。

若い女たちが「自分たちも何か手伝いたい」と名乗り出てきたので、砂鉄は少し考え、女たちの間を回って鏡を集めろと言った。

「鏡?」

「大きければ大きいほどいい。化粧や家財道具ん中に積んできた奴もいるだろ」

彼女たちは不思議そうに顔を見合わせたが、やがて素直にうなずいた。敵を撃退する呪《まじな》いに使うとでも思っているのだろう。

闇に紛《まぎ》れてグラナダ市街に降り立った三月《さんがつ》は、惨状《さんじょう》に眉をひそめた。

教会もモスクも執拗《しつよう》に破壊され、ずらりと並んでいた国際色豊かな店は半壊《はんかい》させられたものが多い。火をつけられているのはおそらく、銃を持っていた「つみびと」の店や家だろう。

（三百年前、錆丸《さびまる》があんなに必死になって救った街なのにね）

グラナダは三百年前、内戦で空爆される寸前だった。だが錆丸が我が身の危険も顧《かえり》みず、生放送で全世界に金星《きんせい》へと呼びかけた。金星特急をこの街によこして欲しい、と。

恐ろしく危険な特急はそれまで、通り過ぎる線路沿いの兵士たちを次々と樹木に変えていた。グラナダ空爆を目論《もくろ》んでいた軍も、大慌てで軍用機を引き返さざるをえなかった。おかげで瀕《ひん》死《し》だったグラナダは何とか助かったのだ。

月に照らされた瓦礫《がれき》の山と、夜を縫《ぬ》う濃厚な血の臭い。

三月が現役で傭兵《ようへい》をやっていた頃は、この血の臭いに火薬やオイルの混じったものが「戦場の臭い」だったが、最近はそれも減ってきた。人間はどんどん、原始的な方法で殺し合うようになっている。

生き残った人々は家に閉じこもり、かたく扉を閉ざしているようだ。聖なる手綱《たづな》から「つみびと」ではないと判断され解放された者たちだろうが、いつまた難癖をつけられて殺されるか分からない。一歩も外に出たくはないだろう。

綺麗に整備されていた河岸には、折れた棕櫚《しゅろ》や糸杉《いとすぎ》の樹が何本も突っ込まれていた。何をどうすればあんな有様になるのだろう。

インフラ破壊のために河をせき止めたようにも見えない。ただただ、面白半分に街路樹を叩ききっては投げ込んだように見える。たとえ聖なる手綱がこの街を掌握《しょうあく》できたとしても、自分たちで復興させる時に倍以上、手間がかかるだろう。

橋や幹線道路も見に行ったが、これも必要以上に破壊されている。市民が逃げ出すのを防ぐためというより、破壊行動そのものが面白かった、という印象を受ける。

(なんつーかラハマンって奴、ほんと子供って感じだな。軍事的戦略とかなーんもなくて、ただ無作為に銃と『つみびと』を狩って楽しんでるだけみたい)

もし、世界のどこかにいるはずの桜《さくら》がこの街に来たら。

そしてラハマンに触れたとしたら。成長を止めていた彼は、桜の「癒《い》やし」の力で育ち始めるのだろうか。

三月の最大の疑問は、桜はラハマンの「人を操る目」の力も奪えるのか、ということだ。

桜は百年に一歳ほどのペースでゆっくりと成長しているはずだ。今はちょうど十一歳になっているはず。四百年後、彼女が十五歳になった時、いったいどんな能力を発揮するのだろう。

四百年で、ラハマンのような新人類はどれほどの進化を遂《と》げるのだろう。

考え込みながらも半壊したグラナダを見て回り、市街の中心部に三月が戻った時だった。

広場にある噴水盤《ふんすいばん》で、子供が一人、何かを洗っていた。頭から血をかぶったように真っ赤だったが、あれが本人の外傷《がいしょう》によるものならとっくに失血死《しっけつし》しているだろうから、返り血なのだろう。男の子か女の子かも判然としない。

三月は黙ってその子の側《そば》を通り過ぎようとした。

こんな時間に一人でいるのなら、おそらく家族を亡くしている。いわゆる戦争孤児だ。

そして三百年前までの自分は、みじめな戦争孤児を見るのが大嫌いだった。家族と呼べるものなど誰一人おらず、少年兵として生きながらえてきた自《みずか》らの過去を思い起こさせるからだ。

——だが。

この子は八歳ほどに見えた。三百年前に別れた桜と同じ年頃だ。

そして二百年前、自分はユンという少年を助けた。子供時代の夏草《なつくさ》に似ているという、ただそれだけの理由だったが、ユンからはひどく懐《なつ》かれた。三月は、自分が年を取らない人間であるとばれないギリギリの期間、ユンが十八になるまで成長を見守った。会えなくなってからは手紙をやり取りするようになり、彼が孫に囲まれて大往生《だいおうじょう》したのを知った。

三月は、ふう、と溜息をついた。

これまで何百人殺してきたか分からない自分は、見知らぬ子供に同情するような、甘っちょろい人間になってしまった。

桜やユンと同じ年頃というだけではない。——もし夏草だったら、絶対にこの子を無視しない。傭兵のくせに人を殺すたびに自分も傷つくような彼は、他人の痛みもまた自分へと反射させてしまう。

「何洗ってんの」

三月が声をかけても、その子は振り返らなかった。血まみれの服から察するに、どうも女の子らしい。

「お母さん洗ってる」

「お母さん？」

三月が背後からのぞき込むと、女の子が噴水盤で洗っていたのは女の腕だった。指輪をしている。

「ふーん、お母さん、だいぶ小さくない？　もう綺麗になったように見えるけど」

「でも、まだ熱いって言うから」

「そ。でも君、お母さんの前に自分を洗った方がいいと思うよ」

腰をかがめた三月は、少女の横顔を間近で観察した。全く瞬《まばた》きをしていない。乾き始めた血《ち》糊《のり》で髪の毛がべっとり固まっている。そして微動だにしない表情。

おそらくは母親の死を目《ま》の当たりにしたショックで、解離性《かいりせい》障害を起こしている。視線の定まらなさからするに、魂が自分の体を抜け出し、頭上でぼんやりと見下ろしているような感覚だろう。戦場で何度も見た。

三月は噴水盤に突っ込まれた少女の両手を、そっと手で押さえた。ピタリと動きが止まる。

「まだお母さん洗う？」

「洗う。一緒におうち帰るから」

「おうちは危ないと思うなあ。お城行く？」

丘の上のアルハンブラ宮殿を三月が指さすと、少女の視線がようやくのろのろと動いた。おしろ、と呟く。

「綺麗なプールもお花もあるから、そこでお母さん洗うといいよ。きっといい匂いになるから」

少女はしばらく沈黙していたが、やがて小さくうなずいた。噴水盤から引き揚げた「お母さん」をギュッと胸に抱きしめる。

彼女の頭から何度か水をかけ、返り血を最低限流してあげた三月は、小さな体を抱えて修道院に向かった。この建物も無邪気な怪獣に押しつぶされたかのような有様だったが、三百年前から何度もグラナダを訪れていた三月は、ここの地下に千年前の王族用の霊廟室《れいびょうしつ》が隠されていることを知っていた。多少かび臭いが、ヒンヤリとして心地よい。

階段に少女を座らせようとしたが、彼女は女王の棺《ひつぎ》に登りたがった。彫刻だらけで座りづらいと思うのだが、少女は女王の浮き彫《ぼ》りに寄り添って丸くなった。

三月は彼女に行動食のチョコレートを差し出した。砂糖のプランテーションが破壊されきった現在では、砂糖をたんまり含むチョコレートは貴重品だ。

少女がお母さんを抱きしめたまま動こうとしないので、三月はチョコレートを一かけ、彼女の口に押し込んだ。この甘さを感じられるまで、回復できるといいのだけれど。

「ここで少し待っててね。一仕事終えたら迎えに来るよ」

――そして、君のお母さんをこんなに小さくしてしまった敵のボスを、いずれぶっ殺してあげるよ。


伊織《いおり》は砂鉄《さてつ》の使用人とその家族を集め、泳げる者はいるかと尋ねた。二十五人中、手を上げたのは八人だけだった。

(ま、マシな方か)

義務教育で水泳を習う島国日本で育つと忘れがちだが、内陸育ちだと全く泳げないという人間も多い。このグラナダも海からは少し離れているが、砂鉄がユースタスの眠るアラヤネスの中庭《パティオ》以外の人工池でなら遊んでいいと許可しているらしく、そこそこ泳ぎの達者な者もいるそうだ。

伊織は泳げる者のなかからさらに三人、屈強《くっきょう》な体格の使用人を選んだ。今日は外部へ通じる通路がきちんと使えるかどうかのテストだ。少人数で抜け出し、運べるだけの食料を持ち帰ればいいだろう。

アラヤネスの中庭で、四人は月光を反射する人工池に潜《もぐ》った。

底の抜け道は、以前は大理石の重たい蓋《ふた》がしてあったものが、金属製のさらに頑丈《がんじょう》なものに替えられている。砂鉄からもらった鍵が無いと、どうあっても抜けるのは無理だ。

抜け道の蓋を開けた伊織は、再び水上で何度も呼吸した。酸素を体に行き渡らせる。泳ぎならかなりの自信がある。

数分の深呼吸を繰り返した伊織は、下駄《げた》を脱いで懐《ふところ》に突っ込んだ。使用人たちに合図を送り、一気に潜った。現在では貴重品となった懐中電灯で真っ暗な水中を照らし、グングン進む。

振り返ると、使用人たちも必死についてきていた。伊織の視線に気づき、グッと指を突き出してみせる。頼もしい。

砂鉄の言う通り、三百年前と比べて水中にいる時間は短かった。息を止めて潜水《せんすい》が出来る者なら、荷物を運びながらの行き来も可能だろう。

水から上がった四人は、ハァハァと息をしながら顔を見合わせた。自然と笑いがこぼれてしまう。

「俺の泳ぎについてこれるたあ、大したもんだぜ兄さんがた」

「子供の頃は川遊びばっかりで。それに、城主がアラヤネスの中庭以外でなら泳がせてくれるもんで」

「ああ、泳ぎの練習をしてきてよかった。城主のお役に立てそうだ」

「食料調達《ちょうたつ》は大事な仕事だもんな、城主に任されて嬉しいよ」

彼らが口々にそう言うのが、伊織には少し意外だった。

無愛想でぶっきらぼうで、お世辞にも人当たりがいいとは言えない砂鉄。だが、アルハンブラのメンテナンスをする使用人たちからはずいぶんと慕《した》われているようだ。

伊織は着物の水を絞《しぼ》り、下駄をはき直すと、懐中電灯を構えてトンネルを進みながら尋ねた。

「兄さん方、砂鉄に雇《やと》われたのはどんな経緯《けいい》で？　教会やモスクの掲示板に張り紙でもしてあったのかい」

すると彼らは顔を見合わせ、代々の家業だ、と答えた。

「家業？」

「爺《じい》さんの、そのまた爺さんの爺さんの代からずーっとうちはモザイクタイルを焼き続けてる。宮殿の北側の工房で」

「うちも代々、内城《うちじろ》の天井細工を彫り続けてるよ。少しでも傷《いた》みがあればすぐ取り替えられるように」

驚いたことに、彼らは数百年前からアルハンブラ宮殿専門の職人一族だということだ。砂鉄が宮殿をグラナダ市から買い取ったのは確か二百五十年ほど前だから、それ以来の付き合いということになる。

「給料がよくて嬉しいよ。俺たちの家族も宮殿内に住まわせてくれるし」

「へえ、砂鉄はずいぶんと好かれてるようだ」

「小さい子どもたちはちょっとおっかながってるが、年頃の娘たちなんて、城主が来るともう浮き立つ浮き立つ。一斉に髪に薔薇《ばら》なんか挿《さ》しやがって」

「娘どころか、俺のかみさんまで城主にメロメロなんだぞ。渋い、男の魅力だ、なんて言いやがって」

それを聞いた伊織は思わず、ははは、と笑ってしまった。かみさんへの文句を垂《た》れているようだが冗談に過ぎないようで、使用人たちとその家族が本当に砂鉄を信頼しているのが伝わってくる。

さて、暗いと人はよくしゃべるようになる。伊織はこれまでずっと気になっていたことを尋ねてみた。

「この抜け道は宮殿の大事な秘密だろ。砂鉄はあっさり教えてくれたのかい」

「俺は池のメンテナンスをするから、ずっと知ってたよ。特に誰にも話さなかったけど」

「俺たちはさっき聞いて驚いたけどな。城主が一言、信頼するって言ってくれたから、この先も黙っとくさ」

人工池のメンテナンスをする使用人はしょうがないだろうが、用心深い砂鉄が抜け道を他の使用人にあっさり教えたというのが、伊織には少し気にかかる。また、他人に対して警戒心の強い彼が、これほど使用人たちに慕われているのも奇妙だ。

「兄さん方、街に降りたらアルハンブラ宮殿の内部のこと、あれこれ尋ねられたりするだろう」

「するさ、噂大好き婆《ばあ》さんなんかがまとわりついてくる。でも話さないよ。ええと、何だったかな、守秘義務、だ」

「城主と契約した時にサインしたからね。まあ俺は字が書けないから、インクを指で押しつけたけど」

砂鉄が、たかが守秘義務の書類一つで彼らを信用している。この事実に伊織がどうも解《げ》せないでいると、モザイクタイル職人が笑った。

「心配は分かるよ、伊織さん。俺たちが城主のことや宮殿の秘密、外でペラペラしゃべってないか気になるよな」

「まあ、そうサ」

「アルハンブラの城主は老けないんだって？　って聞かれることもあるけど、ありゃ先代の城主の息子だよってごまかしてる」

下駄の音が反響するトンネルで、彼らの声は真摯《しんし》だった。

「そりゃね、使用人たちの中にゃあんまたちの良くないのもいる。酒浸《びた》りでお祈りしない奴とか、街に降りれば若い男の間を飛び回っておしゃべり三昧《ざんまい》の娘とか。でも絶対に、城主と宮殿のことは外で話さない」

「守秘義務を破った時の罰が怖いのかい？」

「そんなんじゃないよ、ただ俺たちね、あの宮殿が好きなのさ。歩いているだけで、幸せな気分になれる。掃除しても修理しても、ありがとうと言ってもらえているようだ」

彼らは口々に、アルハンブラが好きだから秘密は漏らさない、と言った。

「特にね、アラヤネス様の近くに行くと、誰もが心穏やかで美しい心持ちになれる。アラヤネス様から、手入れしてくれて嬉しい、と感謝されているようなんだ」

アラヤネス様。

ユースタスの樹のことか。

「アラヤネス様は時々、俺たちの夢に出てくるよ。樹のままだったり花だったり霧《きり》だったり色んな姿だけど、俺たちに優しく、砂鉄をよろしく、って頼むんだ」

ユースタスが、彼らの夢の中に出てくる。そして、砂鉄をよろしくと頼む。

もしや、彼らが外で絶対に砂鉄や宮殿のことを話さないのは、ユースタスの力が関係しているのか？　砂鉄もそれを感じ取って、使用人たちを信頼しているのか？

――ただひたすら樹木として眠り込んでいると思っていたユースタスだが、もしかして三百年の間、彼女も夢を見続けてきたのでは？

砂鉄がにわか歩哨《ほしょう》たちを見回っていると、濡《ぬ》れ鼠《ねずみ》になった伊織が満面の笑顔でやって来た。ライオンの噴水で呼び止められる。

「聖なる手綱どもが農家を襲ってせしめた鶏肉と干し魚、オリーブオイルとかちょろまかしてきてやったぜ。あいつら、奪った物資を一ヵ所に集めて管理する頭もねえもんよ」

「鶏肉はありがてえな。塩漬け豚をどうしても拒否するイスラム教徒もいるからな」

この三百年で様々な宗教の教義がゆるゆると変化し、禁忌《きんき》に対する考えもかなり変わってきてはいるが、やはり昔のままの信仰心を守り続けている者もいる。よほどの非常事態でない限りは、彼らが望む食料を与えたい。それがひいては、アルハンブラ宮殿の城主への信頼、そしてユースタスの安全へとつながる。

伊織たちが運んできた食料はせいぜい三十食分というところだろうが、補給ルートが確保できたのはありがたい。夜闇に紛《まぎ》れてなら、もっと人員も出せるだろう。今のうちに避難民の中から泳ぎの達者な者を探しておくか。

砂鉄は伊織が指折り数えながら報告する食料リストを聞いていたが、ふいに思い出した。

「しまった、ミルクを頼むのを忘れてたな」

「ミルク？」

「粉ミルクだ。赤ん坊のいる女が困ってた」

昔の製品と違い、現在の粉ミルクは山羊《やぎ》や馬の乳の上澄みを日干ししただけのものだ。栄養素も足りていないだろうが、それでも母乳の出ない女にはありがたいらしい。

すると、目をキョトンと見開いていた伊織が突然、笑い出した。

「こ、粉ミルクかい。黒の二鎖《にさ》、懐《なつ》かない狼、触れなば切れん刃《やいば》のような男が、粉ミルク」

肩をバンバンと叩かれ、砂鉄はムッと眉根を寄せた。

「うっせえな、足りねえ物資をあげただけだ」

「うんうん」

伊織は目尻の涙を指で拭《ぬぐ》い、再びクシャッと笑った。

「でもいいじゃないサ、ユースタスの影響で砂鉄も変わったのよ。五百人も難民受け入れて、赤子の粉ミルクまで気遣うお前も、俺ァ好きだぜ」

まるで年下をあやすような言い方に砂鉄は少なからず憮然《ぶぜん》としていたが、伊織はふと思い出したように聞いた。

「それより砂鉄、ユースタスの夢の話なんだが」

「夢？」

そう聞き返した時だった。

小さな女の子を腕に抱いた三月が、噴水の中庭に駆け込んできた。

「その子は――」

「説明は後だ、砂鉄、伊織。聖なる手綱は明朝、アルハンブラに侵攻してくる」

来たか。思っていたより早かった。

「奴らがそう話していた。だがとうとう、ラハマンの姿は確認できなかった」

「お前が？」

戦闘でも頼りになるが、偵察や調査には誰より向いている三月なのに、彼が敵の大将をとらえられなかっただと？

「市庁舎に忍び込んでラハマンを探した。すると、全く同じ格好をした、顔がそっくりな少年が七人もいた」

影武者か。しかも七人とは。

「あの中の誰かが本物だったかもしんないし、全員が影武者だったかもしんない。あれだけそっくりだとちょっと見分けつかないな」

三月は他人の人相・体格を骨格から判断できるので、どれほど顔の似た影武者がいても見分けられただろう。自分もラハマンの声を一度でも聞けば、聞き分けられる自信はある。

だが、この中に本物のラハマンを見た者がいない。避難民たちは恐怖で逃げ惑っていただろうし、斥候《せっこう》に出した男も又聞きで情報を集めてきた。ラハマン本人を確認させるのは難しいだろう。

聖なる手綱たちは、かき集めた銃火器《じゅうかき》に「聖水」をかけて清め、市庁舎のホールに積み上げているそうだ。発射は出来ないよう雷管《らいかん》を抜き、弾丸は別々に保存してあるらしい。グラナダで「つみびと」を処刑し終わったら、銃と弾丸は別々に燃やして埋める儀式もあるそうだ。

奴らはすでにグラナダ市街の「つみびと」は狩り終えた。あとは、アルハンブラ宮殿に逃げ込んだ市民たちが標的となるが、面倒なのでつみびとかどうかの審問《しんもん》さえせず、皆殺しを計画しているらしい。

「明日、奴らが侵攻してきたとしても指揮を執《と》るのがラハマン本人かは分からねえな」

「結局は、人を操るっていうその奇妙な力を使った時しか、本物かどうか判断できないね」

砂鉄と三月がそう話していると、伊織がほんの少し笑って、二人の顔を見比べた。

「何だ」

「いや、砂鉄と三月、影武者を全員まとめて殺すって言い出さねえなと思ってサ」

砂鉄は思わず眉根を寄せた。三月もきょとんと目を見開いている。

「三百年前のお前さんらだったら、あっちのアジトに乗り込んで皆殺しぐらいしただろうに」

「そりゃ可能だが、俺は、グラナダを襲ってきた奴らをアルハンブラの城主とその仲間が撃退した、って図を作りてえだけだ。そうすりゃ今後も市民はアルハンブラを守ろうとする意識が働くだろ」

この意図は説明したはずなのに、なぜ伊織は妙に柔らかい笑い方をしているのか。腹が立つ。するとと三月も首をかしげて言った。

「影武者の子供たち、あれ多分、聖なる手綱があちこち襲うたびに誘拐してきたんだと思うよ。ラハマンに似た子を選んで、整形させて、メイクもして」

「整形？」

この時代にそんな手術が可能だろうか。砂鉄が聞き返すと、三月は無表情に答えた。

「額《ひたい》の生《は》え際に酷《ひど》い傷跡のある影武者が何人かいた。鼻とか、頬骨《ほおぼね》とかにもね。たぶん麻酔なんかしないまま切り刻んだんだよ。あとは仰々《ぎょうぎょう》しい仮面でもつけさせれば、そう目立たない」

ここで三月は口をつぐんだが、言外に、そんな子供たちを「ラハマンかもしれないから」という理由で皆殺しには出来ない、と言いたいのだろう。

すると伊織がふいに、三月の頭にポンと手を置いた。

「そうだな。さすが俺の弟だぜ」

何がそうだな、なのか、何がさすが、なのか伊織は説明しないまま、三月が抱く女の子へと目をやった。人形のように目を見開いたまま、千切れた女の腕を抱きしめている。

「その子は？」

「……拾った」

「よくやったぜ、弟よ」

こうして伊織が三月を弟呼びする時には必ず理由がある。おそらく今、三月は変化しつつある自分に戸惑っている。だから伊織は、こっちでいいんだ、もうお前は少年兵時代みたいに子供を殺さなくていいんだと、声をかけている。

だがのんびりしている時間は無い。あちらは銃火器を持たない狂信者たちとはいえ、砂鉄に雇われるはずだった傭兵が五百人も混じっている。反してこちらは、着の身着のままで逃げ込んできた避難民たちが五百人。歩哨として武器を持たせたのはそのうち二百人と少しの男で、まともに戦えそうな人材は少ない。

明朝、聖なる手綱がアルハンブラ宮殿に侵攻してくるとの報が行き渡ると、避難民たちは怯《おび》え、おののき、逃げだそうとした。どこにも逃げる場所など無いのに。

「武器を取って戦え！　それがお前らの生き残る唯一の道だ」

砂鉄に叱咤《しった》され、慌てて槍《やり》や剣の素振りを始める男もいた。だが、自分一人だけならこっそり城から脱出できないかとキョロキョロし始める奴もいた。私たちも後方で支援すると息巻く女もいれば、何もしていないのに恐怖で失神した女もいた。反応は様々だ。

緊張する男たちを城壁に立たせ、一晩中、警戒は怠《おこた》らなかった。

だが老狙撃手と少年狙撃手の二人だけは十分な睡眠を取らせることにした。念のため、狙撃手の補助として観測手が必要かと聞くと、老狙撃手は呆れかえった顔になった。彼は狙撃の補助をする人間が必要だなんて、想像だにしなかったらしい。

「三月と伊織も銃は使えるが、おそらく城壁の守りに走り回ることになると思う。戦い慣れた傭兵から狙い撃ちしてくれ」

「分かった」

ゆっくりうなずいた老狙撃手の服を、少年狙撃手の手がつかんだ。拳《こぶし》が震えている。志願しないでもいい年齢だったのに、なぜ自分はここに、と後悔しているようだ。砂鉄は彼に言った。

「女たちのところに戻ってもいいぞ。他の子供と一緒に炊きだしの手伝いをすればいい」

すると彼は大きく首を振った。戦う、と小さな声で答える。

二人の狙撃手には、木彫り職人の妻が毎年せっせと手作りしている葡萄酒《ぶどうしゅ》を与えた。緊張しきっていた少年狙撃手も、やがてぐっすり眠ってしまう。

砂鉄は三月、伊織と交代で睡眠を取った。

戦力は正直、心許《こころもと》なさ過ぎる。だが自分はアルハンブラ宮殿を——ユースタスを守り切る。絶対に。

夜明け前、アルハンブラ宮殿の中にいる全員に、真っ白いモザイクタイルが配られた。職人が急遽《きゅうきょ》、大量生産してくれたものだ。

「いいか、これが味方の印『アラヤネス』だ。敵が城壁を乗り越えて、しれっと城門や井戸に近づくかもしれない。少しでも怪しいと思う奴がいたら必ず、アラヤネスのタイルを持っているか確認しろ。不所持だったら問答無用で殺せ」

朝陽が顔を出し始めた。少しずつ明るくなっていく。男も女もみな、興奮と緊張と恐怖がない交ぜになった顔でアラヤネスのタイルを見下ろしている。

「そしてこの先、アルハンブラ宮殿から逃亡しようとする奴も俺が殺す。外部に情報を渡されたり、アラヤネスのタイルを持ち出されたくねえからな」

砂鉄がそう宣言すると、青ざめた男が何人もいた。戦いに紛れて自分だけ逃げようと考えていた奴らだろう。あいつらは様子を見て、三月か伊織の監督下に置かせよう。

太陽が昇りきった。

望楼《ぼうろう》から見下ろすグラナダ中心部には、ぎっしりと人が集まっていた。生意気にも聖なる手綱たちは、軍の編成を変えてきたようだ。砂鉄は内心、舌打ちした。

(傭兵の誰かが入れ知恵しやがったな。戦いそのものの指揮はラハマンじゃなく、プロが執るんだろう)

「あちゃー、攻城《こうじょう》兵器までしっかり用意してるじゃん。あの車輪付き櫓《やぐら》、この丘を登り切ってから組み立てるつもりだろうねえ」

「カタパルトみてえなんもあるなあ。銃火器は駄目だけど、でかい岩を他人様《ひとさま》んちに投げ込むのは許されるんかね。無礼じゃないかい」

三月と伊織も、これが厳しい戦いになることは重々承知の上らしかった。目の悪い砂鉄に代わり、聖なる手綱軍の様子を詳しく解説してもらう。

「ラハマンらしき姿はあるか?」

「いないねー。目立たない格好で兵に紛れられたら、探すのちょっと難しい」

午前八時ちょうどに、敵は進軍を開始した。

余裕綽々《しゃくしゃく》でゆったり進み、アルハンブラ宮殿を包囲した後、その輪を縮めてくる。

城を守る側も攻める側も、一言も口をきかなかった。ただこちらの兵は青ざめており、あちらの兵はニヤついている。

アルハンブラの南東の城壁から、いきなり矢が放たれた。敵に届くはずもなく、へろへろと茂みに落ちてしまう。

「合図があるまで攻撃すんな！」

砂鉄が怒鳴ると、恐怖のあまり弓を引いてしまった男はヘナヘナとその場に座り込んだ。頭を抱え込んだ彼の首根っこをつかみ、無理矢理立たせる。

「矢にも限りがあんだよ、無駄打ちすんな」

地形からして、彼らが二台運んできた櫓を設置できそうな場所は限られている。砂鉄はその一つを見下ろせる場所に狙撃手二人を備えさせた。

「櫓を組み上げるのは人海《じんかい》戦術で素早く終わらせようとするだろう。そうなる前に迷わず撃ってくれ」

老狙撃手は黙ってうなずいた。少年狙撃手は相変わらず硬い表情だったが、砂鉄が「人間じゃなくて攻城兵器の部品を撃ちまくって壊せ」と言うと、ホッとしたようだった。

そしてもう一ヵ所、櫓を使って攻め込まれそうな南西の城壁近くの望楼に、砂鉄は女たちを配置した。全員、鏡を持たせてある。

「この望楼まで矢は届かない。櫓を組み立てようとする奴らは鏡の反射光で邪魔しろ。それだけで敵は十分いらつくし、数枚分の反射光が集まれば敵の目を潰すこともできる」

彼女らはしっかりとうなずいた。若い女が中心だが、ふてぶてしい顔をした肝《きも》っ玉《たま》母さんも参戦していた。度胸はありそうだし、ここは彼女たちを信じよう。

敵兵の包囲網《ほういもう》が、矢の届くギリギリの範囲まで迫ってきた。突然、進軍ラッパが響き渡る。聖なる手綱兵が一斉にときの声をあげ、襲いかかってきた。

「登れ登れ！」

城壁に立つ避難民たちも、砂鉄の合図で一斉に矢を放った。これをくぐり抜けてきた敵が城壁に鉤縄《かぎなわ》をかけ、よじ登る。その攻防の間に防御壁付き櫓を組み立て、城内に侵入する足場を増やす。それが定石《じょうせき》だ。

砂鉄は望楼から全体を見て指示を出し、三月と伊織は城壁を走り回って突破されそうな箇所《かしょ》を掩護《えんご》した。二人とも派手に動き回って敵をナイフで殺しまくり、いざという時は目立つ位置取りで拳銃を発射する。血飛沫《ちしぶき》と共に城壁から転がり落ちる味方兵を見ると、聖なる手綱兵は明らかに萎縮《いしゅく》して焦《あせ》り始める。戦い慣れた傭兵が混じっているとはいえ、大半はただラハマンに従うだけの狂信者なのだ。

そして狙撃手たちの活躍で、櫓の組み立ては阻止《そし》されつつあった。足場を組もうとするだけですかさず老狙撃手から頭を撃ち抜かれ、ようやく組んだかと思えば少年狙撃手に部品を壊される。器用に車輪の軸《じく》を狙って撃ち続けるので、段々と櫓の土台も傾いてきた。

女たちの鏡攻撃もなかなか効いていた。

敵の射手の中で目立つ活躍をする者があれば、すかさず何十枚もの鏡で目を攻撃される。日が高くなってくれば太陽光の強さも半端《はんぱ》ではなく、段々と慣れてきた女たちは全員で一人を狙って顔を焼くことも出来るようになっていた。

しかも期待していた肝っ玉母さんは、若い女たちを指示して太陽光を最も効率よく反射できる場所へ移動させながら攻撃していた。次はあいつ、と獲物を定める目も的確だ。

だがやはり、実力差は大きい。城壁に梯子《はしご》や鉤縄をかけられ、突破される箇所も増えてきた。そのたびに三月や伊織が駆けつけて敵を蹴落《けお》としていたが、いかんせん、アルハンブラ宮殿の敷地は広大だ。どうしても目が行き届かない箇所が出てくる。城壁は死守したいが、一ヵ所を突破され、城門を内側から開放されたらおしまいだ。

戦い慣れない避難民たちの疲労の色は濃かった。敵の傭兵に仲間がやられれば恐怖で動けなくなり、あっさり斬り殺されている。見るからに士気が落ちてきた。

とうとう聖なる手綱軍は、狙撃手たちと女たちの手で半壊させられていた二台の櫓を組み合わせ、高い足場を確保した。城壁に近づけ、橋を渡そうとしている。牛糞《ぎゅうふん》で保護してあるようだし、あれは火矢を打ちかけても燃えないだろう。

（しゃあねえな）

戦況を見守っていた砂鉄は望楼から飛び降り、油の壺《つぼ》を抱え上げると、三月と伊織に叫んだ。

「掩護頼む！」

そのまま敵から鉤縄を奪い、城壁の外へ飛び降りた。着地と同時にナイフで三人斬り殺し、櫓へと走り出す。

パァン、パァンと砂鉄の周囲で敵の頭が弾《はじ》け出した。三月と伊織が拳銃で掩護している。さらに櫓の上の敵兵もどんどん落ち出した。こちらは老狙撃手の仕業《しわざ》だ。

凄《すさ》まじい勢いで敵を斬り続けた砂鉄は櫓の内部に飛び込むと、オリーブオイルをぶちまけた。案の定、櫓の中までは防炎処理をほどこしていない。

火をつけるなり外に飛び出した。数十人の敵に囲まれながらも斬りまくり、三月と伊織、狙撃手コンビの掩護もあって何とか鉤縄ロープをよじ登る。背中を矢で狙い撃ちされたが、こんなもの、すぐ治る。

櫓を破壊した砂鉄が城壁に降り立つと、味方は俄然《がぜん》、元気を取り戻した。たった一人で敵のど真ん中に降り立ち、攻城兵器をぶっ壊してきた我らが城主。彼と、その仲間二人がいれば、この恐ろしい敵も撃退できるのでは？　そんな空気が避難民たちの間に流れ出したのだ。

聖なる手綱軍は何度も城内に侵入を試《こころ》みようとしたが果たせず、日暮れには諦めて撤退《てったい》していった。あの様子では夜襲《やしゅう》は無いだろう。

ひとまず戦いを終え、戦った男たち女たちに温かいスープとパンが配られると、彼らの間には笑い声さえ上がるようになった。目の前で何人も味方が殺されたが、今日だけは何とか乗り切った。この城主たちがいればきっと明日も城を守れる。狙撃手の爺さんとガキも、女どもも凄《すご》かった。俺たちはきっと勝てる。

そんな空気が流れた時だった。

鏡攻撃とはまた別の仕事をさせていた女たちのグループが、砂鉄のもとに駆け込んできた。

「やられました！」

そのうちの一人が差し出したのは、染められた布だ。一ヵ所が反応して赤くなっている。

「井戸の水源《すいげん》に毒を入れられたみたいです」

水源の汚染は城攻めの常套《じょうとう》手段だ。女たちに見張らせていたのだが、早速《さっそく》やられたらしい。

「城主、こっちもです」

シエラ・ネバダからの水路を見張らせていた女も駆けてきた。こちらの布は青くなっており、ご丁寧に敵は生物毒と鉱物毒を使い分けたらしい。

水が汚染されたと知り、避難民たちの間に動揺が走ったが、立ち上がった砂鉄が声を張り上げた。

「別の水源の湧き水があるし、いくつかある人工池には水もたっぷりある。渇《かわ》くこたねえ、心配すんな」

だが、さらに最悪な知らせが届いた。食料の在庫を管理させていた噴水職人の妻が絶望的な顔で言う。

「食料の備蓄《びちく》すべてに、水銀をまかれました……」

「――」

明日の行動食を用意しようと彼女が教会の地下墓地に行ってみると、猫やネズミが何匹も死んでいる。彼女も目の痛みを覚えて墓地を飛び出し、空気を十分に入れ換えてから戻ってみると、食料は全て水銀で汚染されていたという。細工物を塗装《とそう》する工房から盗み出されたようだ。

「でも、教会への入り口はずっと女たちで見張ってたんです！　アラヤネスのタイルを持っていない者は一人も通してません！」

アラヤネスのタイルを持っていない者は。ということは、侵入者が誰かからタイルを奪ったか――内部から裏切り者が出たか、だ。

砂鉄はふと、気がついた。

逃げ込んできたくせに、「城内に兵士がいないなら最初に言え」と文句を言っていた男が消えていた。

翌日から避難民はあっという間に飢《う》え始めた。

水しか飲めない。空腹では戦えない。腹一杯の敵は容赦《ようしゃ》なく襲いかかってくるのに、自分たちには食べる物がない。それも、内部の裏切り者のせいで。

（あのクソ野郎、聖なる手綱軍に投降《とうこう》して、避難民たちから食料を奪ってやったと手柄を主張するんだろうな。それをラハマンが気に入るかどうか）

ラハマンは敵の裏切り者が気に入らなかったらしい。城壁を攻める最中、投石器《とうせきき》で彼の死体を投げ込んできた。無数に切り刻まれている。

味方の兵は悲鳴をあげたが、伊織が「よっ」とのかけ声とともに城外に蹴り落とした。

「成仏《じょうぶつ》できっといいな。ま、難しいだろうが」

砂鉄はアラヤネスの中庭以外の庭園ならば、どの植物でも食べていいとの許可を出した。庭師が毒のある植物にだけ印のリボンを巻いて回る。人々は争って花や葉を口に入れた。

三月と伊織、そして狙撃手コンビは獅子奮迅《ししふんじん》の活躍をしてくれたが、いかんせん敵の数が多すぎる。しかも夜の間に城壁外でラッパや太鼓《たいこ》を打ち鳴らして騒ぎ、こちらの兵を寝かせようとしない。睡眠不足と空腹で、戦いの最中に命を落とす者が格段に増えた。負傷者も多い。

若い女たちは、男が戦えないなら自分たちが剣を取る、と志願したが、女が捕虜《ほりょ》になればどんな目に遭《あ》うか知れたものではない。ユースタスが眠るこの宮殿で、そんなのはごめんだ。

負傷者は大使の間で手当てに当たらせていたが、死にかけた男がアラヤネスの中庭に迷い込むと、不思議と元気が出たそうだ。

「夢に綺麗な女の人が出てきた気がします。大丈夫だ、と何度も言われ、目が覚めたら気分がよくなっていました」

夢に出てくる綺麗な女の人。それはユースタスのことかもしれないと、伊織は言った。

「もしかしたらユースタスは眠ってても、銀魚《ぎんぎょ》の力を少し発揮してんのかもしんねえぜ。近くにいる人間を幸せな気分にできる」

そんなことがあり得るだろうか。自分は毎晩のようにユースタスの夢を見るが、それは自分の願望だと思っていた。

だが、もしかして彼女は銀魚の力を通じて砂鉄に夢を見せてくれているのだろうか。そしてその力は、赤の他人をも癒《い》やせるものなのか。

砂鉄は考え込んだあげく、負傷者がアラヤネスの中庭に入ることだけは許した。澄み切った人工池で体を洗い、野薔薇《のばら》の香りに包まれて眠ると、体力が回復されるらしい。

その夜、伊織が砂鉄に申し出た。

「危険だが、食料を調達に行ってこようと思う。また同じメンバーで」

「……一か八かだが、頼むぞ」

正直、この人数で敵兵を抑えるのは限界だ。せめて食料が確保できなければ、避難民たちは総崩れになる。

だが翌朝になっても伊織は戻ってこなかった。砂鉄が信用している使用人たちもだ。

「どうする、砂鉄。伊織はまあ滅多《めった》なことじゃ死にゃしないだろうけど、今日にでも城壁は突破されるよ。また新しい櫓作ろうとしてんのか、山間部から木材調達してんのが見える」

三月は自分の首筋をトントンと叩いてみせた。

「いよいよラハマン暗殺しか道はなさそうだね。戦いでまっとうに殺すなら城主の手柄にした方がいいけど、暗殺なら夜陰《やいん》に乗じて俺がやる」

汚れ役を引き受ける、という三月はすでに、罪も無い影武者の子供たちを殺す決心がついている。静かな表情だ。

三月の頭にポンと手を置く伊織の姿が思い浮かんだ。だが、他に解決策は無い。こちらには援軍《えんぐん》のあても無いのだ。

「聖なる手綱軍、金に汚い傭兵たちまで無報酬でラハマンのために戦ってる。絶対に近くで『操ってる』とは思うんだけど」

だが、ラハマンが姿を見せない限り、こちらは手が出せない。敵のアジトに乗り込んで、似た容姿の子供を皆殺ししか道が無い。

その日も朝きっかり八時に、聖なる手綱軍はアルハンブラ宮殿を包囲した。今日こそ城壁を突破するつもりらしく、初日の倍以上の攻城兵器を揃えている。味方の避難民たちはみな、絶望的な顔になった。

「ああ、駄目だ」

すでに片腕を失った避難民の男が、そう呟いた瞬間だった。

どこからか低いエンジン音が聞こえてきた。最近では滅多に聞かないこの音は——飛行機？

突然現れた小型機はアルハンブラ宮殿の上を大きく旋回《せんかい》した。低空飛行で攻城兵器を煽《あお》ったかと思うと、窓から銃火器を連射してくる。あれは過去の遺物、マシンガンではないか。

砂鉄もさすがに驚き、謎の飛行機を見上げた。三月も、他の避難民たちもあんぐり口を開けている。

小型飛行機は攻城兵器をなぎ倒しながら、丘の上のわずかな平地に無理矢理着陸した。敵兵が百人単位でまとめて吹っ飛ばされる。

マシンガンや猟銃《りょうじゅう》を構えて降りてきたのはガラの悪そうな輩《やから》だが、この突然の援軍に砂鉄は全く思い当たりが無い。誰だ、お前らは。

だが最後に小型機から降りてきたケバケバしい女と、その腰を笑顔で抱く伊織を見て、全て納得した。

「南米の金持ち女か！」

砂鉄が怒鳴ると、伊織は笑顔で手を上げた。

「彼女からのお小遣いで、貿易船の用心棒かき集めてもらったサ。この兄さん方は市庁舎に積み上がってる銃火器を報酬《ほうしゅう》にもらえりゃ、一緒に戦ってくれるそうだよ」

マシンガンの威力は抜群《ばつぐん》だった。おそらく三百年近く前のものを、手入れしながら受け継いで来たのだろう。聖なる手綱軍はちりぢりになって逃げ惑ったが、たとえマシンガンの餌食《えじき》にならずとも背後から老狙撃手に撃たれてしまう。一瞬で総崩れだ。

すると、それまで聖なる手綱軍の後方で、傭兵たちから幾重《いくえ》にも守られていた少年が飛び出してきた。普通の兵士のような格好をしているが、明らかに小柄だ。

「何をしている、愚民《ぐみん》ども！　この私のために戦え！　汚《けが》らわしい銃などに怯えるな！」

なぜかこれほどの銃声の中、その甲高《かんだか》い声ははっきりと砂鉄に届いた。

その少年の目が異様な輝きを放っているのも。

「砂鉄」

三月に言われるまでも無かった。城外に飛び降りた砂鉄は傭兵たちを斬り殺しながら凄まじいスピードでラハマンに駆け寄り、彼の胸ぐらを摑み上げた。

（コイツだけは俺がやんなきゃなんねえ）

砂鉄はラハマンの顔を横一直線に切り裂いた。ぎゃっと悲鳴があがり、彼の血飛沫が砂鉄の顔に飛ぶ。

「悪ィな、その目は潰させてもらう」

砂鉄はのたうち回るラハマンを地面に放り出した。命までは取らないが、おそらくはこれから目の覚めるであろう狂信者、傭兵たちからなぶり殺しにされるだろう。

城壁を振り返った。三月に煽られ、避難民たちが勝利の雄叫《おたけ》びをあげていた。老若男女、抱き合って喜んでいる。

「さすが砂鉄、判断のはええこと。粉ミルクでからかって悪かったサ」

ケバケバ女の腰を抱いた伊織にそう言われたが、砂鉄はムッとしつつも反論はしなかった。

食料調達に出た伊織たちだが、敵兵に出くわしたのだそうだ。三人の使用人たちが伊織を逃がすため囮《おとり》になってくれたので、伊織はそのまま馬を盗んで山を越え、「地中海沿いのリゾートホテル」で過ごしていた金持ち女に再び飛行機を出してくれるよう頼んだらしい。貿易船をいくつも当たり、銃火器を愛用する凄腕《すごうで》用心棒を数人かき集めてきたのも素早かった。

「イオリのお友だちですって？　お役に立てたようで何よりだわ」

ケバケバ女がクネクネしながら砂鉄にも色目を使うので、素っ気なく答えた。

「ようこそグラナダへ」


その夜、アルハンブラ宮殿は勝利の宴《うたげ》に沸いた。

大活躍した老狙撃手だったが、酔いしれる若者たちに囲まれても自慢話ひとつせず、ただポツリとこう言った。

「俺は一度も、こいつに人を殺させなかった。それが俺の勝利だ」

彼が少年狙撃手の肩を抱くと、少年はただ、静かに泣いた。

女たちはいかに鏡攻撃が効果的だったかをかしましくしゃべっていた。実際に剣や槍を持って戦った男たちは何か言いたそうだったが、下手をすると顔を鏡で焼かれかねないので黙っていたようだ。

三月が連れてきた幼い少女は、戦いの間ずっと老婆が面倒を見ていてくれたらしい。すでに腐《くさ》り始めている母親の腕をどうしても放そうとはしないが、三月の声にはピクリと反応した。

「お母さん、何て言ってる?」

少女は黙って母親の腕を見下ろしていたが、やがて三月にそっと差し出した。あくしゅ、と声に出さず言っている。

三月は笑顔で少女の母親と握手をした。その姿を見て、砂鉄はこいつに影武者たちを殺し回らせるはめにならなくて本当によかった、と思った。全て伊織の功績だが。

夜更け、砂鉄と三月、伊織は望楼に立っていた。背後には守り通したアルハンブラ宮殿、眼下には聖なる手綱軍が撤退して静まり返ったグラナダの街。昼間の喧噪《けんそう》が嘘だったかのように、ただ月光に照らされている。

「俺はこの街を買おうと思う」

唐突に砂鉄が言うと、三月も伊織も驚いたようだった。

「えっ……街って、そう簡単に買えんの？」

「土地を買い占めていくことは可能だろ。高いだろうが、まずは中心部の繁華街を復興させたい。アルハンブラを守るためにも」

「そりゃ豪儀《ごうぎ》な話だな。いずれ砂鉄はグラナダの王様になんのかい」

「王様って何だ、ただの土地所有者だろうが」

「いいじゃないの、砂鉄が王様、ユースタスが宮殿で眠る王妃様。ロマンチックじゃん」

何がロマンチックだ、とは思ったが、砂鉄は反論しなかった。三月からポン、と背中を叩かれる。

「あと四百年、俺と伊織が王妃様の目覚めを待つの付き合うよ。ね、グラナダの王様」

あとがき

嬉野君

こんにちは、嬉野君です。自由に旅が出来る日々が復活するのを願いつつ、毎日毎日、旅動画ばっかり観てます。いよいよ竜血も四巻となりましたが、三巻の内容について一言。

三巻収録の第五話「大地を跳べよ鉄の馬」ではウクライナのキエフ→ロシアのサンクト・ペテルブルク間の話となっております。その中で私はキエフのことを、「以前はウクライナという国の都だったそうだが街の大半は破壊され、この駅周辺だけが残存している。」と書きました。そしてキエフや周辺都市の人々が復興に向けて働きながらたくましく生き、領主たちが奮闘《ふんとう》している姿も描写しました。

この五話を執筆してちょうど一年ほど経《た》ってから、ロシアによるウクライナ侵攻《しんこう》が始まった時は本当に驚きました。この後書きを書いている22年夏、まだこの戦争は終わっていません。日本でも「キエフ」の表記がウクライナ語の「キーウ」に変更されました。三巻ではキエフ表記のままですが、これも時代の転換期にこの話を書いたんだな、という目印のようなものとして残しておきたいと思います。

さて四巻の内容ですが、あるシーンで砂鉄《さてつ》とユースタスのファンに「何で!」って怒られそうだなーと思いました。私だって「何で!」って思いながら書いてます、安心して!

そして八話のラストシーンに出てきた獣御前《けものごぜん》の二人組、ＷＥＢ小説ウィングスに掲載された時「誰!?」という感想を結構いただいたのですが、誰かな誰かな? 続きはウェブで!

書き下ろしの「グラナダの王様」は、金星シリーズの書き下ろし短篇としては最長となりました。一巻書き下ろしは錆丸《さびまる》、ユースタス、夏草《なつくさ》が眠りにつく前夜、二巻書き下ろしはその百年後、三巻書き下ろしは二百年後、そして今回は「金星特急」の世界から三百年後のグラナダが舞台となっております。書き下ろしはちょっとずつ本篇とリンクさせていく予定なので今後ともよろしくお願いします! 本篇にいまだ登場しない伊織《いおり》を書けるのが楽しい。

さて、いつもいつも素晴らしいイラストを描いて下さる高山《たかやま》しのぶ先生には感謝の念しかありません。私の頭の中では高山先生の描いて下さるキャラクターが３Ｄ化しており、その彼らが舞台となった土地を駆け回っております。私はその映像をえっちらおっちら小説におこし、高山先生がそのシーンを切り取ってイラストにして下さっている、と思っております。何行もかけて描写したキャラの感情が、イラストでは表情や手の動きで完全に再現されている、それを拝見するたびに感動してしまいます。

最後に、いつも応援して下さっている読者の方々、本当にありがとうございます! ツイッターで話しかけて下さる方も、ＷＥＢ小説ウィングスでフォームから感想送ってくれる方も、そして編集部経由でお手紙を下さる方も、皆さんが私のガソリンです。また五巻でお会いできることを願ってます!

嬉野君

WINGS・NOVEL

【初出一覧】
時計塔と物言わぬ蜥蜴：Web小説ウィングス '22年2、3、4、6月掲載のものを再構成
幽霊を射貫け雲雀の矢：Web小説ウィングス '22年4、6、7月掲載のものを再構成し加筆
グラナダの王様：書き下ろし

この本を読んでのご意見、ご感想などをお寄せください。
嬉野 君先生・高山しのぶ先生へのはげましのおたよりもお待ちしております。
〒113-0024　東京都文京区西片2-19-18　新書館
[ご意見・ご感想] 小説Wings編集部「続・金星特急　竜血の娘④」係
[はげましのおたより] 小説Wings編集部気付○○先生

続・金星特急　竜血の娘④

著者：**嬉野 君** ©Kimi URESHINO
初版発行：2022年9月25日発行

発行所：株式会社 新書館
［編集］〒113-0024　東京都文京区西片2-19-18　電話 03-3811-2631
［営業］〒174-0043　東京都板橋区坂下1-22-14　電話 03-5970-3840
［URL］https://www.shinshokan.co.jp/

印刷・製本：加藤文明社

ISBN978-4-403-54244-2 Printed in Japan

SHINSHOKAN